光文社文庫

文庫書下ろし

ぶたぶたは見た

矢崎存《あり》美《み》

光　文　社

この作品は光文社文庫のために書下ろされました。

目次

その日の午後、手島苑子《てしまそのこ》はとても疲れていた。

今日も仕事が忙しかった。眠くてたまらない。惰性で足を動かしているような気分で、家路を急いでいた。頭がぼんやりしている。寒いのかそうじゃないのかも判断できないくらい。天気予報では、十一月初めての冬日になると言っていたけれども。

早く帰って、ちょっとだけ仮眠したら夕飯を作らなくては。冷蔵庫に何があっただろうか。そろそろ買い物にも行かなければ。お米も買わないと。

そんなふうにあれこれ考えている時、背中に何かが当たった気がした。あ、手？　と一瞬思ったが、フラフラしていた苑子はそれだけでバランスを崩す。

「危ない！」

その声に目を見開くと、なぜかぶたのぬいぐるみが見えた。薄いピンク色で……歩道に立っている。その両脇にはちゃんと人もいたが、見えたのは小さなぬいぐるみだけ。

何てかわいいの。

そのぬいぐるみが叫んだ気がしたのだけれど……気のせいに違いない。

目の前に車が迫っていたが、苑子は動けず、目を閉じるしかなかった。

1

「母さん……母さん？」

目を開けると、白い天井が見えた。

すごい、小説みたい――と思って少し横を向くと、大学生の息子・廉《れん》と目が合った。

泣きそうな顔をしている。

「廉……どこ、ここ？」

「病院だよ」

「そうなの……痛っ」

その声を聞きつけたのか、若い看護師が素早く近づいてきた。廉があわてて脇に退《しりぞ》く。

「無理に動かないでくださいね」

腕には点滴の針が刺さっていて、身体全体がひどく重い。

「頭と背中を強く打ったんだって。意識がなかなか戻らなかったから、今はＩＣＵに入ってる」

「そうなの……」

さっき痛かったのは、背中のような気がする。

「父さんと琴美《ことみ》も病院に向かってるよ」

琴美——学校は？

「今、何時？」

「もう夕方だよ」

時間の感覚が全然なくなっていた。車にぶつかったのは、いつ？

「そう……」

「失礼しますねー」

優しいが有無を言わせぬ口調で女性医師がベッド脇に立った。いくつかテキパキと質問をされ、苑子は正直に答える。その間、看護師が素早く点滴のパックを取り替えたりしている。

「意識戻りましたね。よかった」

廉がすごくほっとした顔になった。

「そんなに長いことここにいられないんだ。父さんたち来てるか、見てくるよ。よろしく お願いします」

廉は医師や看護師に頭を下げて、行ってしまった。だんだん眠くなってくる。痛みが引いていくようだったから、何か痛み止めを打ってくれたのかな……。

「お母さん……」

薄れゆく意識の中で、琴美の声を聞いた気がした。

「お母さん、ごめんなさい……」

何？　何がごめんなさいなの？

琴美、泣かないで。

そう言おうとしたが、まぶたが動かない。苑子は深い眠りに落ちていった。

「お母さん、ごめんなさい」

琴美がしくしく泣いていた。なぜかランドセルを背負っている。もう中学三年生のはずなのに——。

「どうしたの？　琴美、何で泣いてるの？」

「ごめんなさい……」

琴美はごめんなさいとしか言わない。

「いいんだよ。もううちに帰ろう」

そう言って琴美の手をつかもうとするが、苑子の指は空をつかむ。泣き続ける琴美を誰かが連れていってしまう。突然現れるあの男の人——。

やめて、琴美に何するの！

そう言おうとしても声が出ない。足も動かない——。琴美、琴美……！


しばらくもがいているうちに、目が開いた。

周囲を見ようとしたが、頭が重くて動かせない。

「母さん……大丈夫か？」

枕元にいたのは夫の悟《さとる》だった。

背中の痛みは薄れていた。いつの間にか病室も移っている。

「お父さん……。琴美は……廉は？」

「いるよ」

二人が顔を出した。廉はさっきよりも表情が和《やわ》らいでいるが、琴美は泣きそうだ。

よかった……。夢だった。

「お母さん、痛い？」

琴美がかすれた声を出す。

「……大丈夫」

「事故ってどんな事故だったの？」

「車道によろけて……車にぶつかったっていうか、かすったくらいだと思うんだけど……」

転んだ時の打ちどころが悪かったんだろうか。

「外傷はたいしたことないけど、頭と背中を打ったから検査をするって。あと、貧血がひどいそうだ」

悟が言う。

「そうなの……？」

最近、めまいが頻繁《ひんぱん》に起こるとは思っていたが。

「それの検査もするから、しばらく入院だって」

「入院ってどのくらい？」

「検査の結果がわかってからじゃないとまだわからないって先生は言ってたけど、一週間くらいは見ておいた方がいいかもしれない」

「一週間も……」

そんなに長く入院するのは初めてだった。出産の時はすぐに退院してしまったし。どうすればいいのか……。

「家のこと、どうするの？」

真っ先にそれが心配になった。

「……気にしなくてもいいよ」

夫の声は自信なさげだった。とても言葉どおりには受け取れない。

「コンビニのものばかり食べないでね。あと菓子パンとか」

そう言うと、みんながちょっと笑った。

「お母さん……何か欲しいものある？　飲み物とか……？」

琴美がおずおずと言った。

「お水が欲しいかな……」

廉が水差しに水を入れて、飲ませてくれた。すごくおいしい。今まで飲んだ水の中で一番おいしいかも。

「お腹は空いてる？」

「ううん……食べられそうにない……」

もう少し気分がよくなれば、何か入りそうだけど。

家族と話していると、看護師がやってきた。今度は男性だった。

「夜の付き添いってできるんですか？」

廉が訊く。

「ごめんなさい、夜間の付き添いはダメなんです。面会時間も八時で終わりです」

「じゃあ、もう帰らないといけないのか」

悟がしゅんとしたように言う。その様子に申し訳なさが湧き上がる。

「ご家族は九時から面会できますから、また明日いらしてください」

看護師は点滴のパックを替えて、また出ていった。

「大丈夫だから、帰って休んで。廉、琴美、何かちゃんと食べるんだよ。学校にもきちんと行きなさいね」

ひどく眠くなってきた。たくさん眠ったはずなのに。薬のせいかな。それとも、たまっていた疲れのせいなのか……。

「わかった。じゃあ、また明日な」

「お母さん……」

琴美は、また悲しそうな顔をしていた。もう心配しなくてもいいのに。

「何、琴美？」

「……ううん、何でもない。また明日来るからね」

ちゃんと話を聞きたかったけれども、問いただす元気はもうなかった。

次の日の午前中はいくつか検査を受けたが、めまいがひどくなってきたので、病室へ戻った。

移動は車椅子だけれど、とにかく病院が広くて、あっちの検査室とかこっちの診察室へ行けと言われ、そのたびにそこの受付でハンコをもらったりなんだりで、時間がかかって仕方なかった。今時はこういうものなんだろうか。苑子が出産時利用した医院は、こんなに大きくなかったし。

それより驚いたのは、悟が会社を半休して付き添ってくれたことだ。まさかそんなことをしてくれるとは。

「廉と琴美には、学校の帰りに寄れって言っておいた」

学校に行け、ときつく言わないと、琴美はともかく、不良大学生の廉はこれ幸いとサボってしまいそうだ。

そんなことを話しながら病室へ戻って落ち着いた頃、警察官がやってきた。

事故なので警察が来るとは思っていたが、いきなり、

「あなたが誰かに押されたようだという目撃情報があるんです」

と言われた時は、驚いてしまった。

「何人か目撃者がいまして」

疲れている苑子に話をさせることに悟は躊躇《ちゅうちょ》したが、真面目そうな警察官に、もし本当にそういうことをした者がいたとしたら早く捜査を始めないといけない、と説得される。

彼は、苑子にその時のことをくわしくたずね、そのあと目撃情報を事細かに説明した。さすがに記憶が薄れているわけではないが、あえて思い出そうともしなかった。車にぶつかったからではなく、それで転んで道路に頭を打ったことで気絶をしたのだ。

「押されたという自覚はありますか？」

「言われてみればそうかもしれませんけど……ただ何かが当たったようにも思うんです。何しろとても疲れていたので、ぼんやりしてて……」

はっきりと言える確信がなかった。

「どうしてそんなに疲れていたんですか？」

苑子は少しだけ口ごもる。

「仕事が忙しくて……」

確かに忙しかったけれども、睡眠不足はそればかりが原因ではない。でもそれは事故と関係あると思いたくなかった。

「勤め先は区立の図書館ですね？」

「はい。パートですけど」

人員はいつも不足気味なので、忙しさは例年どおりだ。でも人間関係は円満だった。

「見た人が『押された』と感じたのなら、そうかもしれませんけど……」

「自分ではよくわかりませんか？」

「はい……」

何だか記憶も曖昧《あいまい》な気がしてきた。不安だ。いろいろ……何もかも。

「もし、押した人がいたとして、そんな人に心当たりはありませんか？」

「いえ……ありません」

いくらなんでも、あの人がそういうことをするとは、とても思えない。

「うーん……目撃情報があるのがねえ、気になるんですけど……」

警察官は「検討します」と言って、帰っていった。どういう意味だかよくわからなかったが、質問し直すほどの体力はなかった。

ぐったりとベッドへ横たわった苑子に布団をかけながら、悟が言う。

「検査中にちょっとここに帰ってきたら、車を運転していた人が謝りに来たよ」

初老の男性は妻と一緒にやってきて、涙をこぼさんばかりに謝ったという。保険にきちんと入っていることだけ確認して、入院費などについては保険会社に一任ということになり、帰ってもらったそうだ。

「あとでまた改めて謝りに来るって」

「あたしもふらついてたから……」

「ほんとに押されたんじゃないんだな？」

苑子はうなずくだけにしておいた。誰かの手かも、とは感じたけれど——押されたのではない。と思う。思いたい。

呼び止めた、みたいに思えたのだが。

でも、これ以上は考えられない……朝からいろいろあって、だいぶ疲れてしまった。

「大丈夫か？」

悟が気遣わしげに言う。昨日からこの人はそれしか言っていないんじゃないか、と思うほどだ。無口で口下手だから、それでも充分なのだし、今日もこうやって付き添ってくれている。

「平気。実家には言ったの？」

「一応連絡はしたよ。『怪我は大したことないけど、念のため検査入院する』って言ったといいた」

夫婦とも実家が少し遠いので、来てもらうのは心苦しい。嘘ではないし、すぐ退院できるかもしれない。

幸いこの病院は家から徒歩十五分ほどだから、これ以上家族に迷惑かけずに退院できたらいいな、と苑子は思っていた。

男性陣はもとより、娘の琴美も家事はほとんどやらないから、自分がいない間に家の中はどうなっているかと想像すると身震いがしてくる。


悟が出勤して、一人になった病室でため息をつく。いろいろなことが頭をよぎるが、先ほど警察官に言われたことが一番気になった。

『もし、押した人がいたとして、そんな人に心当たりはありませんか？』

本当は、あると言えばあるし、ないと言えばないのだ。

ストーカー――とまではやっぱり思えない。相手が誰かというのは、調べればすぐにわかるのだろうが、そんなことはしたくなかった。その人は、ちょっと苑子のことを知りたがっているだけなのだ。そして、よく見かけるということだけ。

でも、それは単なる好奇心とか、近所づきあいのつもりかもしれないし……淋しさから、ついああいう感じになってしまうだけなのかも……。

「ああ、全然わからない……」

小さな声でそうつぶやく。

「何がわからないの？」

顔を上げると、隣の家に住む主婦・宗田寧子《そうだねいこ》が立っていた。常に元気いっぱいの彼女が、今日はかつて見たこともないくらい心配そうな顔をしている。

「あ、寧子さん！　お見舞いに来てくれたの？」

「当たり前でしょう？　びっくりしたよー。事故だって？」

「あ、うん……車にひっかけられて転んだの……」

「怪我の具合は？」

「怪我は大したことないんだけど、念のための検査入院なの」

悟が実家にした説明をくり返す。苑子としても、検査が全部終わっていないし、そのくらいしか言えないのだ。

「よかったー。昨日聞かされた時、びっくりしちゃったよー」

「誰に聞いたの？」

「見てた人、けっこういたんだよ」

彼女は苑子より少し年上で、いわゆるご近所の情報通なのだが、悪い意味ではない。何かトラブルがあると冷静に調停役を買って出る。近隣の噂《うわさ》とかにあまり興味のない自分からしてみれば、頼りになる友人だ。

「気をつけてね。もう肝冷やしたよ」

「ありがとう」

たまにケンカしてしまう時もあるけれど、やっぱり近所に友だちがいるというのは心強かった。

「どれくらい入院するの？」

「うーん、検査結果が出ないとわからないみたい。明日わかるんだけど」

「家のことはどうするの？　琴美ちゃんがやるの？」

「琴美？　あの子はできないよ。ていうか、やらないし」

家事は実質、苑子一人しかやる者がいない。言えば手伝うが、その程度だ。

「すぐに退院できるから、平気だよ」

そうじゃないと困るし、いやだ。別の病気とかがわかったらどうしよう。

「そんなこと言って……すぐ退院できても、安静にしてた方がいいでしょ？」

「そうだけど……仕事もあるし……」

「苑子さんさあ、少し休んだ方がいいよ、この際。働き過ぎだもん」

それはそうだけど……。

「あ、そうだ！」

寧子が、パチンと手を叩いた。

「ねえ、もし入院が長引いたり、家で静養ってことになったら、ハウスキーパーを頼んだら？」

「ハウスキーパー？　ああ、家政婦さん」

「そう。うちの旦那の母が足骨折した時に来てもらってたんだけど、すーごくいい人で！　それからちょくちょく臨時で頼んだりしてるんだー」

「うーん、でも、そんな余裕ないよ」

本当のことだったりするのが悲しい。

「じゃあさー、お試しくらいはいいんじゃない？　実家で使ってるポイントカード、三日間くらいのサービス分、貯まってるはずだから」

「ポイントカードって――寧子さん、どれだけ利用してるの？」

「うちじゃなくて、お義母《かあ》さんだよ。ま、あたしもたまに使わせてもらってるけどねー」

「うーん、でもー……」

そういうサービスは利用したことがないので、戸惑いの方が先に立つ。

「おすすめの男性ハウスキーパーさん、ほんとにいいから！」

目をキラキラさせてそう言う寧子に、多少の胡散臭さを感じる。

「あー、そうですか……」

イケメンなんだな、そのハウスキーパーって。そういう人もいるのか。

「誤解よ。あなたは誤解してる」

あわててそんなふうに言うが、なぜかうれしそうだ。どんな誤解か、と訊いてみたい気もしたが、そんな気力はなかった。

「琴美がいるから、知らない男の人を家に入れるのはちょっと……」

「大丈夫！　あの人なら琴美ちゃんも大丈夫！」

なぜそんなに自信があるのか、さっぱりわからない。いろいろな意味で疲れてきた。

家のことはどうにかしないといけないない問題なんだけれども……。

「はー……」

ため息をついて、枕に頭を落とす。

「疲れた？　看護師さん呼ぼうか？」

「ううん、平気。ちょっと眠たくなってきたかも」

「ごめんね、うるさくしちゃって……」

何だか急に寧子がしょんぼりして見えた。病室へ入ってきた時に戻ってしまった。話しているうちに元気になってきたのに。

「いいんだよ。あたしが元気ない分、寧子さんにしゃべってもらわないと」

「そう……？」

「うんうん」

そう言って手を握ると、ようやく笑った。

「ゆっくり休んで、早く帰ってきてね。家のことで悩んだら、冗談抜きで電話してよ」

「うん、ありがとう」

寧子は「あなたんちに差し入れしてくる！」と言って帰っていった。

あたしもどうせすぐに帰れるだろう。元々身体が丈夫だし、ちょっと疲れていたけど、健康そのものだったんだから。

そういえば、警察に言うのを忘れていたことがあった。あのぬいぐるみのことだ。

でも――言う必要はないか。夢、あるいはたとえ本当にあったとしても、ぬいぐるみだし。

ぬいぐるみが叫んだとか言っても、誰も本気にしてくれないよね……。あの声と姿が、一瞬だけぼんやりした状態から抜けださせてくれたように思えたけど――きっと気のせいに違いない。

2

次の日の午前中も検査だった。

そのあと主治医の診察を受けると、昨日の検査結果があまりよくなかったと言う。外傷ではなく、貧血の方が。

背中についてはただの打撲ですんだらしいが、頭についてはめまいもあるので、もう少し観察したいらしい。確かに事故当日よりはふらつかなくなっているが、まだ落ち着かない。内臓に異状はなかったようだが、今日の検査の結果も待たなくてはならない。

すぐに退院できるとタカをくくっていた苑子のダメージは大きかった。

何より家族が心配だった。家事ができないこともそうだが、もし本当に事故ではなく事件だとしたら――。いや、それは受け入れがたかったが、あの人が、家族に接触したら……。

誰にも何も言っていないので、より不安になっていく。今日は、悟がいないのだ。午後には会社を抜けて来ると言っていたから、それまでは一人で過ごさなくてはならない。他愛ない話でもして、気を紛らすこともできない。

たまらず寧子にメールを打ってしまう。

『昨日言ってたハウスキーパーの人って紹介してもらった方がいいかもしれない』

男性というのは少し心配だったが、寧子を始め宗田家の人たちは皆信用できる。琴美は受験のため塾へ行っているし、廉にもなるべく家にいてもらうようにすれば大丈夫かもしれない。

それに、何かあった時にはやはり男性の方がいいかも。何も関係ない女性のハウスキーパーに迷惑をかけるのは悪いし。

『わかった！　病院に連れていくね！』

寧子からノリノリのメールが来る。何だか本当にうれしそうだ。

やはり悟に話すべきかもしれない。しかし彼は、忙しい中、時間を作って病院に来てくれているし……。入院も長引くかもしれないのに、これ以上負担をかけさせたくないというのが本音だった。

そうだ。少し眠ろう。昨夜、あまり眠れなかったし。無駄に体力を使うより、休んでおけば少しは退院への時間が短くなるかも。

苑子は目をぎゅっと閉じた。


「苑子さん、連れてきたよ！」

はっとなって目を開ける。顔を上げると、寧子がのぞきこんでいた。

「寝てたの？　具合悪い？」

「ううん、夜あんまり眠れなかったから」

痛み止めのせいもあるかもしれない。

でも、眠ったせいか、少しめまいがよくなったかも、と思う。

「わざわざごめんね」

「ううん。もうお義母さんの予約をブッチして連れてきたよー」

けれど寧子は、「連れてきた」と言ったのに一人だった。

「どこにいるの？」

まだ半分寝ぼけているが、やはり誰もいないように見える。

「あ、ベッドの上からじゃ死角だよね」

寧子はなぜか突然座り込み、ぬいぐるみを手に立ち上がった。

「こちら、山崎《やまざき》ぶたぶたさん」

彼女が持っているのは、ぶたのぬいぐるみだった。バレーボールくらいの大きさで、桜色の毛羽立った毛並み。手足の先と大きな耳の内側には濃いピンク色の布が貼ってあり、右耳はそっくり返っていた。

「ベッドの上に立ってもらってもいいかしら？」

「え？　誰が？」

「ぶたぶたさんが」

ぬいぐるみが首をぐるりとして、寧子の方を見た！

「あ、いいけど……」

頭と口が隔絶したように返事をしてしまう。

「すみません、失礼します」

渋い中年男性の声が聞こえて、寧子の手がぬいぐるみから離された。すっくと立つ小さな身体。頭が大きくて不安定なバランスなのに、妙な安定感があるように見えるのは、あたしが頭を打ったせい？

「ぶたぶたさん、こちら、お隣の手島苑子さん。入院している間、おうちのことをしてもらいたいんですって」

「こんにちは。初めまして、山崎ぶたぶたです」

突き出た鼻がもくもくっと動いたと思ったら、ぬいぐるみはペコリとお辞儀をした。

「あ、お見舞いです」

ふくらんだ紙袋を差し出す黒ビーズの点目と目が合う。こんなに小さいのに、男性なの⁉

「最初は誰でもびっくりするよねえ〜」

寧子がぬいぐるみから紙袋を受け取って、「はい」と苑子の手に渡した。

「ここのどら焼き、おいしいのよ〜。食事制限はあるの？」

「……ううん、特には」

「じゃあ、食べて。いつもぶたぶたさんがおみやげに持ってきてくれる奴なの」

寧子はにこにこして言う。しかし、苑子からすれば笑える状態ではない。

夢ではなかったのか——。

「あたし、見たよ……？」

自分は誰にたずねているの？

「あの場にいなかった？」

「あ、はい」

あっさりと認める。こくこくとうなずくと、大きな耳も揺れる。

「向かい側にいました。寧子さんのお隣さんとは知りませんでしたよ。大変でしたね」

穏《おだ》やかな声でそんなこと言われると、目の前のものとのギャップについていけない。

そして、はっと思い当たる。

「もしかして、目撃情報って……」

「ああ、警察には見たままお話ししました」

「誰かに押されたみたいに見えたって……」

「ええっ、そうなの!?」

寧子が怯《おび》えたような声を出した。

「わたしは身長が低いので、そこまでよくわからなかったんですが、一緒に見ていた人がけっこういて、その中の何人かがそう言ってましたね」

身長の問題なんだろうか……？

「そうなんですか……」

「ねえ、それってほんと？」

寧子は、さらに心配そうだ。

「ううん、あたしもよくわからなくて……」

「何かあってからじゃ怖いよ。ちゃんと警察には言ったの？」

「言ったよ。でも、そんなこと……ないよ。平気平気」

寧子を安心させるように、笑った。力ないけれども、それはきっと身体の調子が悪いからだ。

「苑子さんがそう言うならいいけど……気をつけて」

寧子は仕切り直すように手を軽く叩いた。

「とにかく、まずはおうちのことよね。この人なら、男の人でも安心でしょ？」

「えっ⁉」

そうだ。ぬいぐるみの存在を忘れていた。これはハウスキーパーとして紹介されたのだった。

「あ、そう……だね」

ハウスキーパー？　本気なのだろうか。あのポフポフの手で、炊事洗濯掃除ができるのか？

「あたしも最初は不安だったけど、大丈夫、ぶたぶたさん何でもできるし、すごく上手なの。特に料理が！」

料理――。頭の痛い問題の一つだ。夫は仕方ないとしても、廉と琴美に仕込まなかったのは後悔している。特に琴美。別に女の子だからというわけではなく、娘の方がめんどくさがりで、やる気が今一つなのだ。

「料理人じゃありませんが、何とかひととおりはこなせます」

謙遜《けんそん》でも誇大でもなく、事実を淡々と言っている、という口調だった。無駄なことを言わない人には、好感が持てる。

——好感だって。ぬいぐるみに。好感どころか、とてもラブリーと思っているってい
うのに。

「ね、頼んでみなよ。ほんとにポイント使っていいから」

「でも、旦那に相談してみないと——」

「……その必要はないよ」

悟の声がした。少しバツの悪い表情をしながら、病室へ入ってくる。

「いつからいたの⁉」

「料理が上手とか何とか……」

悟は、すぐにいつもと変わらない表情に戻った。この異常な状況に、何でそんなに冷
静なんだ、と突っ込みたいけれども、何だかいろいろ考え過ぎたせいか、頭がぼーっと
してくる。知恵熱かも。

「大丈夫か？　何だか顔赤いけど」

「うーん、今朝起きた時ちょっとだけ微熱があって、すぐ下がったんだけど……また上
がってきたのかも……」

「看護師さん呼ぶ？」

寧子の言葉に答えるように、看護師が病室へ入ってきた。絶妙なタイミングだ。だが、ベッドの上にいるぶたぶたには目もくれない。これは、ぬいぐるみをぬいぐるみとしか認識していないのか、それともこの病院では普通のことなのか――どっちだろうか。

「手島さん、顔赤いですね。お熱測りましょう」

やはりまた微熱が出ていた。同じ姿勢でいた疲れのせいだろうか。それとも……ぬいぐるみ――ぶたぶたのせい？

「この人……との話は、俺がしとくよ」

悟が、ぶたぶたにちらりと目をやって言った。

「うん、わかった」

これ以上いろいろ考えたくない、というのが本音だった。

「じゃあ……行きましょうか」

悟の言葉の間にはさまる戸惑いには気づいたが、まかせられるのはありがたかった。

悟は、寧子が一緒についてきてくれてほっとしていた。

「手島さん、改めて紹介します。山崎ぶたぶたさんです」

「はじめまして、山崎ぶたぶたと申します。ぶたぶたとお呼びください」

「手島です」

病院の前で名刺交換したりする。低い。低すぎる。声も身長も。名刺交換で腰に負担がかかるとはっ。

内心ではかなりあわてているのだが、顔には出さない。「表情に乏しい」とは子供の頃から言われていた。筋金入りだ。

「元々ベビーシッターの会社だったのですが、次第に家事も引き受けるようになりまして——」

「はあ……」

確かにベビーシッターだったら適任かもしれない。何しろぬいぐるみだし。しかし、うちの子供は中学生と大学生だ。

もちろん、苑子はハウスキーパーとして雇うことにしたらしいが——彼女は事故で怪我をしたばかりで、混乱しているし、具合も悪い。断っても文句は言われまい。

けれど、そうなると家事は誰がやるのだろう。

新婚当時、苑子は自分に家事を仕込もうと躍起になっていたらしいが、あまりの要領の悪さとやる気のなさに早々とあきらめた。その時はほっとしたものだが、今となっては我慢してでもできるようにしておいた方がよかったのかもしれない。琴美に対してのあきらめも、きっと似たようなものだ。娘の性格が自分に似ていることを悟って、ちょっとがっかりしてしまう。

手伝いは廉の方がやっていたと思うが、それでも家事を仕切れるわけではないだろう。食事は何か買ってくるとか、掃除はしないとか選択肢がないわけではないが、退院したあとに家がそんなでは、いくらなんでも苑子がかわいそうだ。

「あの……他の方も会社にいらっしゃるんですよね？」

宗田家の人たちは信用できるから、雇うのはやぶさかではない。寧子の言うとおり、しっかりした仕事をしてくれる会社なのだろう。だけど、この——人にやってもらうとなると話は別だ。

「はい。ただ……申し訳ないのですが……急なことなので、手の空いている者がわたししかおりません」

きっぱりと断言されたよ。

「もし、たとえばどうしても女性がいいとか、ご希望がありましたら、別会社を紹介しますが」

そう言われると、何だか惜しい気がしてくるのが不思議だ。我ながらわがままだとは思うが。

「ぶたぶたさんが小さいから心配ですか、手島さん？」

寧子が申し訳なさそうに言うのはいいが、そんなあからさまなことを言ってしまってもこの人は気にしないのだろうか。ぬいぐるみなのが、事実とはいえ。

「まあ、心配しないと言えば嘘になりますが……」

そう思いながら、この場合うまく濁らせるというのは無理だなと、言ってみて初めてわかる。

「みんなそうおっしゃるんですけどね、みんなあとから『来てもらってよかった！』って言うんですよ。ほんとです。嘘じゃないですよ！」

寧子が熱く語る姿に圧倒される。そこの会社の人じゃないはずなのに。

まあ、うちにとっては何も損はないし——いなくても何とかなると思っているんだから、来てもらえばそれはそれで貴重な体験ができるかもしれない。

「じゃあ、来ていただこうかな」

そう言うと、寧子が本当にうれしそうな顔をした。せっかく紹介してもらったんだしな。男性であることで困るのは琴美のことだけだが、宗田家の保証があって、この体格（？）なら、たとえ女子中学生であっても抵抗可能だろう。

……何をぬいぐるみ相手に真剣に考えているのだろうか、俺は。

モヤモヤと考えている間に、自宅へ着いてしまう。今日は会社を途中で抜けてきたのだが、もう休んでしまおうか。

「それじゃあ、ありがとうございました」

寧子にお礼を言って、家へ入ろうとすると、

「あの……苑子さん、人に押されたって聞いたんですけど」

と呼び止められた。

「あ、どうしてそれを……」

「苑子さんから聞いたんです。それに、ぶたぶたさんも目撃者で」

それを聞いて、思わずぬいぐるみの目を見つめてしまう。点目の目撃者――視力はいくつなんだろうか。

「いや、僕はそこまではわからないんですが、そう見えた人はいたみたいですよ」

じっと点目に見つめ返されながら答えられてしまった。何というか――妙に引き込まれる。

「妻はよくわからないって言ってますけどね……」

「疲れてよろけたとしても、それはそれで心配ですよ。手島さんもずいぶんお疲れに見えますし」

寧子は思いのほか勘がいい。でも悟は、悩んでいるのは自分だけだと思っていたのだ。


寧子と別れて、ぬいぐるみを家に招き入れる。

リビングダイニングに入ってげんなりする。すでに食卓の上は乱雑で、シンクには洗い物がたまっている。ソファーには湿ったタオルやらスリッパやら、脱いだままの服やらが載っていた。ゴミ箱はいっぱいだ。

ローテーブルの上には雑誌数冊が開いたまま、テレビの前には新聞とたくさんのリモコン、ティッシュボックスと携帯ゲーム機、なぜかボールペンが数本転がっていた。

朝、家を出た時は、ここまでではなかった。タオルは使った記憶があったが、菓子パンの袋はまだ開いていなかったので、その一つを食べただけで家を出たのだ。一応ゴミはゴミ箱に捨てた……はず。

子供たちはまだ寝ていた。つまり、他のものはすべてあいつらの仕業《しわざ》だ。

今、食卓の上には食べかけの菓子パンやゴミが無造作に置かれ、飲みかけのペットボトルのお茶もそのままだ。

何だか急に恥ずかしくなった。ぬいぐるみがどんな顔をしているのか、と見れば——よくわからない。少しキョロキョロしているが、何だか普通の顔だ。

……普通って何だ？

「あの、山崎さん、座ってください。片づけますね」

山崎さん——確かに普通だ。

「あ、手島さんはこのあとのご予定は？」

あわてて食卓のものをひとまとめにしようとする悟に、ぬいぐるみが声をかける。

「は？　あ、仕事を抜けだして来たので……もう戻らないと」

「じゃあ、わたしが片づけておきますから、どうぞ行ってらしてください」

そう言われて初めて、家にこの——人？　を置き去りにして自分は出かけるのだ、ということに気づいた。どうなるのか……帰ってきた時に明らかになるということか。

いいんだろうか……。

「それから、鍵をお借りしないといけないんですが」

鍵⁉　い、いいのかな……。どんどん不安になっていくのだが。

何かあったら宗田さん、責任取ってもらうからなっ。悟は合鍵をタンスの引き出しから見つけだし、えいやっと渡した。

「あ、わたしのことは、どうぞ『ぶたぶた』と呼んでくださいね」

「ぶたぶた……？」

「はい」

機械的にくり返したのに返事が戻ってきてびっくりする。

ぬいぐるみ――ぶたぶたはもう床に落ちている服を拾っていた。琴美……どうして女の子なのに、こんなところにマフラーをほっぽっておくのだろうか。

この惨状を何とかしてくれるのはありがたい。たった二晩、苑子がいないだけでこの有様なのだ。今までどれだけ彼女に頼っていたのかが、ぶたぶたの目を通してでもわかっただろう。

「や、やっぱり、自分たちで何とかしますよ……」

恥ずかしさのあまり、そう言うと、ぶたぶたは怪訝《けげん》な顔をこっちへ向けた。すごい！　ちゃんと表情がある！　目の間のシワが、微妙な感情を表している！

「入院も、そんなに長引かないと思いますし……」

「でも、それは検査次第なんですよね？」

「あ、まあ……」

「とりあえず、三日分はサービスっていうか、お試しってことで。奥さんにはご了承いただいています」

「えっ、そんなっ……」

苑子がいいと言うなら、やはりいいのだろうか。

さっき勝手に断ろうと思ったことはすっかり忘れていた。

「あ、でもお子さんがいやという場合はどうしましょうか？」

子供たちのことは全然考えていなかった。でも、

「あいつら、自分で何もできないので、文句はないと思います。連絡はしておきますので、よろしく……お願いします」

悟がぴょこんと頭を下げると、

「わかりました。いってらっしゃい」

ペコリとお辞儀する姿に、ただただ感心してしまう。

そんな隠すようなものもないので、

「冷蔵庫でも何でも、好きに使ってください。どこ開けてもいいですから」

そう言って会社に出かけたが——まだまだ半信半疑な悟だった。

3

廉は、大学には行ったものの、どうにも母・苑子のことが気になって講義に身が入らない。

父・悟からは「ちゃんと学校に行け」と琴美とともに言われていたので、渋々来たけれども、我慢できず、午後の講義をサボって病院へ行ってしまった。

正直に言うと怒られそうなので、苑子には「休講になった」と言った。

「明日出る検査結果次第だけど、少なくとも一週間は入院することになりそう……」

「そうなんだ」

手島家では、今まであまり病院となじみがないので、「一週間」というのだけでもショックなのだが、母の顔色は昨日よりはよかった。少しだけほっとする。

「ゆうべはあんまり眠れなかったよ」

「そうだよね……。お母さんも緊張してるのか、うとうとするばかりで。一人部屋だったんだけど、部屋の外からもいろいろな音が聞こえてね……」

苑子はそう言って、目をこすった。

「眠いの?」

「ううん。さっきちょっと寝たから。けど、目がしょぼしょぼするのね……」

声にいつもの張りがなかった。細かくて口うるさいのが母親の特徴だと思っていたので——こんなことでうろたえるなんて、マザコンみたい、と思ったり。琴美のように泣いたりはしないけれども。

「あ、そうだ。お見舞いにもらったお菓子があるの。食べる?」

そう言って、ベッド脇のラックから出そうとしたので、

「俺が取るよ」

とあわてて立ち上がった。

ラックの扉を開けると、見慣れぬ白い紙袋があった。

「それ。おいしいんだって」

袋を開けてみると、小さめなどら焼きがちんまり十個並んでいた。こんなに食べられ

ないよ。

とりあえず二つ取り出し、残りをしまう。一つを苑子に渡すと、

「お母さんはいらない。お昼食べたし」

「えー、ちゃんと食べたの？　お昼」

「……食べたよ」

ほんとかなあ。

そう思いながらどら焼きの包みをはがし、パクッとひと口食べた。

「――うまっ」

ふわふわなのにしっとりもっちりの生地と、甘さ控えめな餡《あん》の絶妙なハーモニー。

「え、本当においしいの？」

もらいものになんて失礼なことを。

「おいしいよ。いや、なんか普通のどら焼きなんだけどさ……。カステラ？　のとこが、他と違う」

「えー？」

さっき「食べない」って言ったばかりなのに、母はいそいそと包みをはがし始める。

そしてひと口。

「うわ、ほんとだ。何だかパフパフしてる」

そうなのだ。でもケーキ生地みたいな軽さとはまた違う。どう言ったらいいのかわからない自分のボキャブラリーのなさが情けないが。

うまいうまいと二人で二個ずつ食べたら、残りは当然六個になる。もう一つ食べたい、と思ったが、

「残りは家に持ち帰って、みんなで食べれば？」

と苑子が言う。

「えー、ここに置いとけばいいよ。だって、母さんへのお見舞いだろ」

「それ買ってきたの、今日頼んだハウスキーパー——家政夫さんなの」

「家政婦さん？」

「あんたたち、家のことできないでしょ？」

そう言われると否定できないが。

「ちょっと変わった人だけど……」

「変わってるってどんなふうに？」

そうたずねると、なぜか苑子は考えこみ、

「――見ればわかるよ」

と言った。そりゃそうだな。

「お父さんからも説明あると思うし。メールとか来てない？」

ケータイを見たが、悟からの電話もメールもない。

「そのうち来ると思うから」

「で、その人がどら焼き買ってきたんだね？」

「あ、そうそう。だから、どこのか教えてもらっといて」

「わかった」

下のコンビニで買ったお茶を飲み、おやつを食べられる母に少し安心しながら、気になっていたことを訊くなら今、と思う。

「あのさあ――昨日、俺も警察に話訊かれたけど……ほんとに何もないの？」

せっかく少し元気になったんだから訊くのを我慢するかそれとも――と自分でも葛藤《かっとう》があったのだ。

「……よくわからない」

答える前の間《ま》が気になる。神経質なだけだろうか。

「廉は？」

「何で俺⁉　俺じゃないよ！」

「ごめん、違うよ。廉には最近、変なこととかなかったのかなと思って」

「俺？」

何かないかとしばらく考えてみたが、

「ないよ」

あったらとっくにそこを攻めているが。

「ないんだね。それはよかった」

苑子がにっこりと笑う。それが久々の笑顔だったので、廉は少し泣きそうになってしまう。

「……何か用事はある？」

ごまかすようにたずねる。

「家から着替えとかを余分に持ってきてくれるとうれしいな」

そう言って、苑子はメモ帳を取り出し、廉に差し出した。開いて見ると、衣服や日用品、食料などがどこにしまってあるのか、こまごまと書いてある。

「で、これが持ってきてほしいものね」

それ自体はささやかなものだったので、収納品メモとの差に驚く。具合が悪いのに
……いつ書いたんだろうか、これ。

「他に場所がわからないものがあったら、メールして」

「母さん……」

廉は絶句してしまった。

「ごめん……」

「……何謝るの？」

「いや……」

本当に家のことをまかせっきりだったんだな、と心底反省した。疲れて当たり前だ。

家の中のもの——歯磨き粉の替えさえどこにあるかわからないなんて、いけないこと
なんじゃないか？

初めて廉はそんなことを思っていた。

「お兄ちゃん、来てたんだ」

振り向くと、琴美が立っていた。制服姿だった。

「うん」

「琴美、塾は？」

「しばらく休む」

母はちょっと眉をひそめたが、何も言わなかった。ここで無理に「勉強しろ」と廉も言えない。

「俺、これからうちに帰って、母さんの着替え持ってくる。それとも、お前行くか？」

「……何持ってくればいいの？」

渡されたメモ帳を見せると、琴美も驚いたようだった。そして、自信なさそうに、

「病院にいる」

と言った。

家と病院は徒歩で移動できるが、これから毎日通うとなると大変だ。父や琴美と話し合いをしなくては、と思うが、果たして三人でちゃんと話し合えるんだろうか。

それに、いったい何から話し始めたらいいんだろう。

いつも苑子を通していろいろなことを調整してもらっていたように思う。目の前で話

ができなければ、母に伝言を頼み、母から返事を聞く、というのは普通のことだった。たとえメールアドレスなどを知っていても、だ。

あまりにもそれを当たり前だと思い過ぎていたのではないのか？

とにかく、そういうところから直していかなければ。

家に入って、すぐに違和感に気づいた。家の中の灯りがついている。悟が帰っているのだろうか。

「父さん？」

でも、何だかいい匂いもする。母、そして琴美も家にいないはずだから、夕飯を作っているなんてことはありえない。もしかして、祖父母、あるいは親戚でも来てる？

いくらなんでも、泥棒が飯を作っているとかないだろう。

……ありえるのかな？

そこまで考えて、あ、と思い出す。ハウスキーパーを雇ったと苑子が言っていた。何だ、それか。ドキドキして損してしまった。

ためらいもなく居間へのドアを開けた。ふわっと温かい空気が流れてくる。

服をそのままほっぽっておいたソファーの上には何も置かれていなかった。床にも何も落ちていない。

今朝はゴミだらけだったはずの食卓の上がきれいになっていて、なおかつ出しっぱなしだったコンビニの袋もない。台所のコンロの上には寸胴鍋があり、いい匂いは、ぐつぐつと音を立てている鍋からのものらしい。

これは——カレーだ。しかし、母のものとは微妙に匂いが違う。

「あ、お帰りなさい」

男性の声がした。しかも、自分よりも年上の。父親と同じ——いや、もうちょっと若いか。

やっぱり親戚の誰か？

「初めまして、ハウスキーパーの山崎ぶたぶたです」

声のする方を見ると、ピンク色のぶたのぬいぐるみが、片手を前に差し出しながらこっちにやってくる。

廉はそのまま固まってしまった。なんか変なかっこうのまま。腰がねじれて、痛い。

整理整頓された建売住宅の居間にぬいぐるみがいても全然おかしくないが、歩いてくるのはおかしいだろう⁉　しかも、カレーの匂いまであふれている！

……カレーは別にいいとしても――ここは確か自分の家だったはず。家の鍵で入ったんだし。

呪縛が解けたように居間の中を見回す。そうだ、自分の家だ。

「あれ、お父さんから連絡は行きませんでしたか？」

差し出した片手をおろしたぬいぐるみは、困ったように目の間にシワを寄せた。

そのあまりのかわいらしさに腰が抜けるかと思ったが、実際には腰をひねりすぎて、無様《ぶざま》に転んでしまう。

「あっ、大丈夫ですか⁉」

とととと、と音はしなかったけれども、頭上にそんな擬音が出るような走り方でぬいぐるみはやってくる。

「どうしましたか？　驚きました？」

「――おどかすつもりだったのかよっ！」

思わず突っ込んでしまうが、

「いや、そんなつもりはないんですが、たいていの人は驚きますね」

と素としか思えない声で言われて、さらにあっけに取られる。「開いた口がふさがらない」という現象を初めて経験した気がした。

「で、お父さんから連絡はあったんですか？」

冷静にたずねられ、パクッと口を閉じる。あわてて携帯電話を取り出し、履歴を見てみるとさっきはなかった悟からのメールが来ていた。気づかなかった。

『お母さんが入院している間、家事を手伝ってくれるハウスキーパーを頼んだ。名前は山崎ぶたぶたさん。ぶたのぬいぐるみなので、驚かないように』

……いや、このメールを事前に見たとしても、絶対驚くだろ？ っていうか、説明少なっ。これでこっちがわかるとかふざけんなオヤジ！

……懇切丁寧に説明されてもわからなかったと思うけど。

琴美にもこれと同じメールを送ったんだろうか。それとも今頃、苑子から話を聞いているのか？

いや、言うより見る方が早いって誰でも思うだろうが……。

「大丈夫ですか?」

ぬっと点目が目の前に現れる。

「あー……大丈夫……です」

どう聞いても年上の声なので、一応敬語にしてみる。

「立てます?」

立てるよ! あんたが立ってるよりも全然普通に!

と言いたいのを我慢して立ち上がる。言ったらやっぱり子供だよな……。

立って下を見ると、ぶたぶたはものすごく小さかった。ボールみたいだ。蹴るのにちょうどよさそうな。

しかし下から見上げた顔がまた――もう何だろうか、かわいいとしか言いようがないんだけど。

犬とか猫とか飼っていたら、そいつが興奮してくわえて振り回すくらいのお気に入りになりそうだ。

「父からメールが来てました……。気づいてなくて……」

「そうですか。すみませんね、驚かしてしまって」

「いえ……」

そのあと言葉が出てこない。ハウスキーパーって——こんな小さくて、何ができるっていうんだろうか。

とはいえ、自分たちがやらなかったことをこのぬいぐるみというか人？　は、やっているわけだ。家がきれいなのがその証拠。それに——。

「あっ、カレーの……！」

「ああ、勝手に台所を使ってしまいました。夕食を先に作っておこうと思いまして」

「作ったって……」

「お父さんには『好きに使って』と言われたので、冷蔵庫を開けさせてもらったんですが、買い物に行くタイミングだったようで——簡単なんですが、カレーにしてしまいました」

簡単って簡単に言うが、琴美なんぞ一回も作ったことがないんだぞ。カレーすら！

コンロの火を消すぶたぶたの背中にそう言いたかったが、恥ずかしいので言わない。

「とりあえず、一階と水まわりは掃除しておきましたが、二階は廉さんと妹さんのお部屋ですよね？　そこは何もしていないんですが、どうします？」

自分の部屋もかなり散らかっているが、実は琴美の方が汚いのではないか、と密かに思っている。入ると激怒されるから、入らないけど。

「あ、自分で……掃除します」

ここで「じゃあお願い」って言える奴がいたら、顔を見たい。あの小さな身体で掃除機なんてかけたら、吸われちゃうんじゃないのか？

正直言えば、やってほしいけど。

「わかりました。琴美さんには帰ってから訊いてみますね」

「あ、そうだ。洗濯物……預《あず》かってきたんだけど」

これまた、洗濯機には触ったこともないのだ。

「じゃあ、みんな一緒に洗ってしまいましょう」

ぶたぶたは廉が持っていた紙バッグをさっさと取ると、洗面所へ向かった。

「あ、あの、洗濯機の――」

使い方わかりますか、という続きの言葉は飲み込まれた。

ぶたぶたはいつの間にか置いてある小さな脚立《きゃたつ》に乗って、ピッピッと迷いもなく洗濯乾燥機のボタンを押した。水が勢いよく出る音がして、洗濯が無事に始まったようだ。

「乾燥までかけておきましたから、夜には出してくださいね」

「は、はい……」

脚立をたたみながら言うぶたぶたをまじまじと見る。そんなものは家になかったと思うのだが……。

「ああ、これはマイ脚立です」

視線に気づいたのか、ぶたぶたが言う。

「マイ脚立……」

「踏み台になるものがないと仕事にならないので、いつも持ち込むんです」

脚立が本人よりも大きい……。

「もう今日は病院に行かなくていいんですか？」

呆然としている廉をそのままに、彼はテキパキと話題を変える。

「いえ、あの、着替えとか、他にもいろいろ持っていかないといけないものがあるんですけど……」

ぶたぶたに母のメモを見せると、日用品の類《たぐい》をパッパと出してくる。メモを見なくて、どうして把握しているんだ？

「服や下着などはご家族が用意した方がいいですよね」

そう言われて廉は身構えるが、言われたことはもっともなので、両親の部屋のタンスなどを漁り、着替えを出していく。

琴美にやらせればよかった……。母は平気なのかもしれないが、自分にこんなにダメージが来るとは……。

でも、あんなにかわいくてもぶたぶたはここの家族ではないので、自分が用意しなくてはならないのだ。とりあえずの分量にしておいて、あとは琴美にまかせよう。

「あの、廉さん、持っていくものを入れるバッグとかありますか？」

「え？」

「タンスとかクローゼットに入ってませんか？」

言われてまた探すが、ちょうどいい大きさのものがない。一泊旅行くらいのバッグを持っていたはずだが……どこにあるんだろう。病院へ持っていったのかな？

「見つからないです……」

「どうしましょうか」

「玄関に置いてある非常持出用のリュックの中身を出したらどうかなあ」

大きさはちょうどいいと思うが。

「うーん、あとで詰め直すのも大変ですし、リュックだとなあ……」

ぶつぶつ言っていたぶたぶたは、部屋を見回し、隅の鏡台に目をとめた。

「あの鏡にかかっている風呂敷をお借りしてもいいですか？」

「？　はい、どうぞ」

するっと端を持って引き抜くと、風呂敷がずいぶん大きなサイズだということがわかる。ぶたぶたはそれを広げ、持っていくものを丁寧に置いていく。そして、風呂敷の両端を結び、その輪を片方の輪に通し持ち上げる。すると、中身の重みで絞られて、巾着袋《きんちゃくぶくろ》のようになった。

「わー、すごい」

「これだとたたんでおけるので、バッグよりも場所取らなくていいかもしれません」

「何でこんなこと知ってるんですか？」

「妻が最近、風呂敷や手ぬぐいとかの和物に凝っているので」

妻⁉

それは、突っ込んであげた方がいいのか⁉

……迷い過ぎて変な汗が出てきたので、とりあえずスルーする。

「さて、じゃあ行きましょうか」

ぶたぶたはよっこいしょと風呂敷の輪っかを首にかけた。

……なんてかわいい泥棒さん。後ろに引っ張られて、首から二つに折れそうだけど。

「俺、持ちます……」

「あ、そうですか？　すみませんね」

変な遠慮はしないんだな、と思った。この人、自分がぬいぐるみってわかってるだろ⁉

それは、もう俺も知っていることだけれども。


「あ」

家を出たところで、見憶えのある人影が遠ざかっていくのが見えた。

背は高いが、やせぎすの肩、灰色の髪の上に帽子。最近よく見かける老人だ。

でもどうしてあんなにあわてた感じなんだろう。いつもはもっとゆったりと歩いているのに。それに、ドアを開けた時、一瞬だが自分と目が合ったようにも思えたが。

「どうしたんですか？」

「いえ、何でもありません」

廉は特に気にしていなかった。ぶたぶたのこのひとことを聞くまで。

「あ、あの人、この間《あいだ》いましたね」

「え？」

「聞いてませんか？」

ぶたぶたが点目で見上げる。

「わたし、苑子さんが事故にあった時、向かい側の歩道から見てたんです。他の何人かと目撃したことを警察にも話しましたよ」

何と。ぶたぶたが目撃者だったのか。

「何でそんなとこにいたんですか？」

「宗田さんのご実家が図書館の近くで、そこで仕事して帰る途中だったんです」

「他の目撃者の中にあの男の人がいたんですか？」

棒のように細い後ろ姿は、もう角を曲《まが》って消えていた。

「目撃者じゃなくて、反対側にいたんです」

「ていうことは、母と同じ歩道を歩いていたんですか？」

「多分」

これは、やはり偶然？

廉の中に、彼に対して初めて疑念が湧いた。

一度だけ彼と苑子が一緒のところを見たことがある。帰宅した時、門の前で話していたのだ。廉が近寄ると、彼は足早に去っていった。

「どうしたの？」

「ううん、なんか道がわかんなかったみたい……」

そう言って、母はちょっと笑ったが、元気がないな、と思った。去っていった人の背中をずっと見ている。

「母さん？」

と言うと、はっとしたように振り向く。

「何？」

「今日の夕飯は？」

とたずねると、

「今日は疲れてるから、簡単なものね」

とエコバッグを持ち上げながら言った。二人で家に入りながら、ふと思い出す。

「豚の角煮、最近作らないね？」

疲れた時にこそ、と言って、一ヶ月に一度は作っていた家族みんなの大好物。

「ああ、最近、肉屋さん値上がりしたから……」

そういうものか、とその時はちょっとがっかりしただけだったが、それからもあの男性はちょくちょく見かけた。いつもそっと離れていくところばかりだった。

母が転んだのに見向きもせず、歩き去っていく後ろ姿を、廉は思い浮かべた。

「……あの人が、押したってことはないですよね？」

頭に浮かんだことをそのまま言ってしまったようだった。どうしてそこまで飛躍してしまったのか、自分でもわからない。

ぶたぶたを見ると、困ったような顔をしている。

「廉さんはどうしてそう思うんですか？」

「いや……最近、あの人をここらでよく見てたから……」

「それだけですか?」

「うーん……それだけとも、それだけじゃないとも言えます」

どこまでぶたぶたに話したものか。

「お父さんやお母さんから、何か聞いてないんですか?」

「心当たりないって。もっとよく事故の時のこと、聞かせてくれませんか?」

ぶたぶたはひとしきり目間にシワを寄せて考え込んだのち、こう言った。

「わたしはよく見えなかったんですよ。それに、押されたと言った人も、誰に押されたかというのまではわからなかったみたいです」

「ほんとですか?」

冷静なぶたぶたの答えに、ついかぶせるようにたずねてしまって、はっとなる。さっきまで、こんな疑念は一つも浮かんでいなかったのに。

「本当です。その時の目撃者の方と知り合いになりましたから、念のために確かめますか?」

その方がいいだろうか。気になりだしたら、どんどん不安がふくらんできた。もし本当に母が狙われているとしたら——大変だ!

「お願いします！」

廉の返事に、ぶたぶたはちょっと驚いたようだった。

「あ、もし必要な時があったらでいいんで」

「わかりました。言われたらすぐに連絡します。でも、廉さんも落ち着いてくださいね」

ぶたぶたの気遣いあふれる言葉と視線に、戸惑う。

ぬいぐるみをそんなふうに見てしまうのは、自分がおかしいのか、それとも単に擬人化しているだけなのか、と。

「さ、行きましょうか」

いや、どちらにしても単におかしいだけなのかも。目の前をとことこと歩いていくぶたぶたはどうも現実のようなのだが、自分はそれにちゃんと順応しているのかどうか、というのが、一番気になるところだろうか。

いや、一番問題なのはぶたぶたではなく、もう一つの現実——母と事故のことだろう？　何を考えているんだ、俺は。

まだ心臓の動悸が止まらない。

まさか、あの家の息子と顔を合わせることになるとは。隠れていたつもりだったのに、いつの間にか玄関の近くまで来ていたのだ。

あの家に行って、何をしようとしていたのだろう。何もできないのに。何もするつもりもないのに。

だが、家にじっとしていられなくて、ついここまで来てしまった。何も知られていないことを、おとなしく家で祈っていればいいものを。

自分のやったことを振り返ると、どう考えても正気とは思えない。そんなバカげたことなど、普通の人間ならばしないはず、と笑い飛ばすことだ。昔の自分から今の自分を見たら、信じられないと言うだろう。

だが、それをやってしまった。そしてその時は、誰に知られてもかまわないとすら思っていた。

けれど、今はそれを明らかにしなければ、という思いと闘っていた。始末に負えないのは、闘っている相手が自分の良心ではなく、プライドだということだ。

長年それに誇りを持っていたはずなのに、今はそれを捨てたいと思っていた。

クソ役にも立たないと、もう知っているのに。
本当に、ボロ布のように捨てられたら、どんなにいいだろう。

4

琴美は、苑子の寝顔をじっと見つめた。

目の下にクマができているのに気づいた。

やっぱりあまり寝ていなかったんだ……。

母はいったいいつ寝ているのか、と思うことはよくあった。でも、そのたびに昔言われたことを思い出す。

「お母さんは身体が丈夫だから、平気なんだよ」

甘かった。いや、甘えていた。そんな言葉を言い訳にして、何の手伝いもしてこなかったんだから。

とりあえず、家に帰ったら部屋を掃除して、料理の本を読もう……。

そう思って、しょんぼりうなだれていると、

「琴美？」

と遠慮がちな声が聞こえた。

振り向くと、兄の廉が風呂敷包みを抱えて立っていた。童顔でちょっとチャラい彼と七五三の着物のような風呂敷の色合いがものすごく似合わなくて、吹き出しそうになる。

苑子が眠っていることを思い出して、必死に我慢するが。

「母さん、寝てるの？」

「うん」

「じゃ、外で話そう」

廉のあとについて、廊下へ出る。様子がわかるように、部屋からは離れない。

「父さんからのメール見た？」

「あ、うん」

そう言ったら、妙な沈黙が流れた。

「え？　あ、ハウスキーパーさんが来るんでしょ？」

「そうだけど……」

何だか廉の様子は変だった。元々変だけど。見た目で軽い男と見られることが多いようだが、中身は割と真面目で固かったりする。ふわふわな母に似た外見だが、けっこう背が高いし、性格は父似なのだ。

「お前、親父からのメール見せろ」

「うん、いいよ」

琴美は携帯電話を取り出し、先ほど届いた悟からのメールを表示して、

「はい」

と廉に向けた。

「『宗田さんの紹介で、ハウスキーパーさんを頼んだ。あとは兄ちゃんに話を聞くように』――って丸投げっ⁉　オヤジ！」

何だか怒っているようだ。

「丸投げって何？」

「あー、まー、実際に見てもらう方が早いよなー」

そう言って、廉はちょっと後ろに下がった。

すると、なぜかそこには桜色のぶたのぬいぐるみがいた。しかも、立っていた。

「おー、かわいいー」

「かわいいけどな……」

ボソッと廉はつぶやいた。

「初めまして。ハウスキーパーの山崎ぶたぶたです。よろしくお願いします」

「……誰？」

琴美がキョロキョロする。誰ってどういうこと？　ああ、この声はとてもぬいぐるみのものとは思えないからな。

「この人」

廉が下を指さすと、琴美の視線がぐいっと下がった。

「ぬいぐるみ？」

「そう」

「ふーん……」

ぶたぶたは、琴美を見上げている。お互いにその表情は読めない。いや、ぶたぶたは読めなくて当たり前なのだがっ。

「家事をしてくれるの？」

しかし琴美は、何の躊躇もなくそう言った。

「はい、そうですよ」

「できるの？」

訊きにくかったことをズバッと！

「できますよ」

点目をぱちくりするような顔をして、ぶたぶたは言う。

「じゃあ、あたしに家事を教えてもらえるかな？」

「えっ？」

と小さく叫んだのは廉だ。

「あたし何にもできないから……教えてくれるとうれしいの」

「わかりました。じゃあ、わたしのことはぶたぶたと呼んでください」

「わかった。よろしく、ぶたぶた」

琴美とぶたぶたはがっちりと握手をした。何だこの展開。もっと取り乱すかと思ったのに。

「じゃあ、荷物を整理しておきますね」

ぶたぶたは風呂敷包みを持って、足音も立てずに病室へ入っていく。

「お前……冷静だな」

「そう？　だって、ロボットなんでしょ？」

「えっ!?」

廉は自分の口を押さえた。ここは廊下とはいえ、病院だった。

「お兄ちゃん、うるさい」

「お前、何言ってんの……！」

「だからー、ハウスキーパーってルンバみたいなもんなんでしょ？」

「……ぃえええーっ」

叫びの前の一瞬で、かろうじて大声を飲み込んだ。

「お前、いくつだっけ？」

「十五だけど」

「中学生だよな？」

「うん」

「ハウスキーパーがルンバみたいって、何言ってるんだ？」

「……ルンバってお掃除ロボットのことでしょ？」

ぶ厚いコインみたいな形して、部屋中をグルグル回る奴。

「そんなようなものかなあって」

廉は思わず廊下にしゃがみこんだ。

「そんな……こんなにアホの子だったなんて……」

薄々そうではないかと思ってはいたが。

「失礼ねえっ」

成績はけっこう上位なのに。少なくとも廉の中学時代より。

「ハウスキーパーって家政婦さんってことなんだぞ？」

「家政婦さんなら知ってる」

「家政婦さんは——別に女性とも限らないけど、少なくとも人間がやるもんなんだぞ」

「うん」

琴美は顔色も変えない。

「メイドロボだって、モビルスーツだって一般化してないんだぞっ」

多分、こいつは何を言っているのかわからないと思うけれども。

「けど、小さいのならけっこうあるじゃん、ロボット」

「自立歩行して、自分の頭で判断して会話できるのなんて、あったとしてもああいうふうに簡単に出てこないんだぞ?」

病室を指さすが、

「……うん?」

首をかわいく傾《かし》げてもダメ!

「あれはロボットじゃなくて、ぬいぐるみなんだよ!」

「お兄ちゃん、何言ってるの?」

「琴美、しっかりしろ!」

母親の事故のショックで、おかしくなったのだろうか。

「わかった。あれはぬいぐるみなんだね」

「う、うん。あれはロボットじゃない……と思う」

急に受け入れられたら、何だか物言いが自信なさげになってしまった。一瞬、本当にロボットなんだろうか、と思ってしまったもので。だって、ぬいぐるみよりロボットの方がまだありえそうだから。

どっちにしろ、存在が突飛《とっぴ》なことに変わりはないのだが。

ぶたぶたは、片づけと夕食の用意をすると言って夕方に帰り、それから間もなくして父がやってきた。

苑子は、じっとしていれば話したりも普通にできるが、動くととたんにめまいがひどくなる。貧血も含めて、過労が主な原因らしい。

職場などのストレスについて主治医からたずねられたが、悟にも、もちろん廉にもあまり憶えはない。

「職場はうまくいってるっていつも言ってたんだけど……」

病院一階のコンビニへ買い物に行った時、父が言う。

「職場よりも、家のことなのかも……俺たち、何もしてなかったし……」

「うーん……そうかもな……」

「琴美が、ぶたぶたさんに家事を習うって言ってたよ」

「えっ!?」

父がすごく驚く。

「母さんがあんなに口を酸っぱくして言っても、全然やらなかったのに……奇跡のようだ——！」

ぶたぶた本人の方がずっと奇跡だと思うけど、それは言わなかった。

「それも含めて、何だか様子が変なんだよ」

「琴美の？」

「うん。説明うまくできないんだけど」

ぶたぶたをすぐに受け入れるというのが、常識からはずれているのかどうなのか、というのは判断がつかない。

「それから、琴美だけじゃなくて、最近何となく……おかしいことが起こってるような気がして」

最近ではなくて、ついさっきなのだが、鎌をかけてみた。すると、

「……お前も？」

と悟が言う。

「父さんも思ってたの？」

「うん……」

「どんなふうに？」

しかし父はそれ以上話そうとせず、黙ったまま考え込んだ。

「うちの周りをうろついてる人がいるんだよね……」

廉は思い切って言ってみた。

「どんな人？」

「おじさん——っていうか、おじいさんって感じなんだけど」

「いくつくらいの？」

「うちらのお祖父《じい》ちゃんくらい。七十前後かなあ」

「そうか……」

「何か心当たりない？」

「いや……うーん……」

悟はやはり考え込んでしまう。無口な父をしゃべらすことは、小さい頃にとっくにあきらめていた。今更しゃべらせる方法を探ろうにも、見当がつかない。

廉は、また一つ後悔をした。

結局、午後八時の面会時間ギリギリまで母に付き添った。

帰宅すると、家の中がカレーのいい匂いに包まれていた。

「おかえりなさい。簡単なものですが、ご飯できてますよ」

ぶたぶたが出迎えてくれる。女の子でなくても、かわいいものに迎えられるのは何だかうれしい。

食卓の上には、カレーと山盛りサラダが並んでいた。

食べても味気なさしか感じなかったおといからの食事に比べると、格段に家庭的で温かい。しかも、

「うまい……」

そんなに手の込んだものではない、いわゆる「おうちカレー」なのだが、苑子のものとも、外で食べるものとも違う。これがぶたぶたの家のカレーなんだろうか……。「妻」と言っていたし。妻カレー？　これはぶたぶたが作っているから、ぶたぶたカレー？

——肉はチキンだったけれども。

サラダは、生野菜の上にこんもりとポテトサラダが載っていた。何というか、豪快だった。

「このポテトサラダ、おいしいね……」

隣で琴美がポツリと言う。廉もうなずく。マヨネーズの味よりじゃがいもや他の野菜の甘味がよくわかり、ほんの少しスパイシーだった。

ああ、パンにはさみたい。とても食べ切れそうにないから、明日の朝食にしよう。何だか楽しみ。

「ありがとうございます」

ぶたぶたがうれしそうにお礼を言う。

「ぶたぶた、このポテトサラダ、明日作り方教えて」

琴美が真剣に訴える。

「いいですよ」

「他の家事も教えてね」

「わかりました」

食べ終わると、琴美は一番に立ち上がり、ぶたぶたを手伝う。廉もあわてて、食器を運んだ。

「座っててください」

「いいよ、食器くらい洗うから」

「お兄ちゃんはいいの。あたしが手伝う」

琴美の言葉に驚き、振り向くと悟もぽかんとした顔をしている。

何が琴美を変えたのだろう。いいことなのだろうが、廉はなぜか不安だった。苑子のこともあるから無理はないが、琴美が笑わないことが気になった。普段おっとりしているからこそ、ぶたぶたも簡単に受け入れたのかと見当をつけてみたのだが、やはり違うのか。

ぶたぶたは食器を琴美と一緒に片づけ、

「洗濯物はあらかたたたんでおきましたが、あとはよろしくお願いします」

多分、下着とかそういうのは避けておいたのだろう。気遣いがありがたい。

「じゃあ、あとはあたしがたたみます」

琴美が思いつめたようにそう言うと、ぶたぶたはちょっと首を傾げた。

「じゃあ、お頼みします」

琴美はこくんとうなずいた。

そしてぶたぶたは、悟と廉にも点目をくれる。

「みなさん、おととい昨日といろいろショックだったでしょうから、早く休んでくださいね」

ショック――まあ、いろいろな意味で、ショッキングな三日間だった。

「明日は何時に来ればいいですか？」

ぶたぶたが悟にたずねる。

「朝食は適当にすませますから、午前中でいいと思います」

「琴美さんの中学は、給食あるんですか？」

「あ……」

父が忘れていたこと丸出しの顔をした。

「お前、今日の弁当はどうしたんだ？」

「菓子パン持ってった」

真剣な表情で洗濯物をたたみながら、琴美が言った。

「じゃあ、朝食とお弁当作りに来ますよ。手島さんは、いつもどうされてるんですか？」

「あ、弁当なんですが……僕のは別に――」

「一つ作るのも二つ作るのも一緒ですから、持ってってください」

「いや、そんな……」

「あたし、ぶたぶたのお弁当食べたい！」

俺も食べたい！　と言いたかったが、廉は大学に上がってから弁当を持っていったことはないのだ。

「いつもどおりに家事を回すことがわたしの仕事ですから、遠慮しないでください」

何のてらいもなく言われると、悟も反論できないようだった。

「では、六時頃でいいですか？」

「早くないですか……？」

「近いから大丈夫ですよ」

そうなんだ……。どこに住んでいるのだろう。訊いてみたいけど……意外な場所を言われたら、どうリアクションしたらいいのかわからない。

「——よろしくお願いします……」

ついに弁当の誘惑に負けた父だった。

「じゃあ、失礼します」

何となく全員で彼をお見送りする。

「おやすみなさい」

玄関で、ぶたぶたはペコリと身体を半分に折ってから、帰っていった。

しばらく三人でぼーっとドアを見つめたのち、

「風呂は？」

と悟が言う。

「先に入れば？」

ぶっきらぼうに琴美が言う。風呂もぶたぶたがきれいに掃除してくれていた。「ちょっとドライヤーをお借りしちゃいましたが」と言われたのがよくわからなかったが。

琴美に言われたとおり、悟は浴室へ向かった。

父も何か気づいているらしいが、多分自分と同じではっきりしたことがわからないのだろう。慎重な性格である父のことだ。廉は男だからいいとしても、琴美は女の子でまだ中学生だから、もし母のように危険な目にあうことがあれば、と気に病んでいるのかもしれない。

「琴美」

「何？」

冷蔵庫の中身を何やら熱心にながめながら、琴美が返事をする。

「最近、何か変わったことなかった？」

バタンと冷蔵庫のドアが閉まった。

「警察の人みたいなこと訊くね」

「別に、そんなつもりはないけど」

「お兄ちゃんにも同じ質問、返すよ」

「いいよ」

「じゃあ、答えて」

「最近、家の周りでよく見る人がいるんだ」

琴美は黙っている。

「その人はおじいさんで、怪しいとかそういう感じにも見えなかった。今日、見かけるまでは」

「……今日いたの？」

「うん、いた。今日は、何だか挙動不審だった」

琴美の顔がこわばった。

「それ、警察に言ったの？」

「いや、警察に訊かれてから見たから。それに、ほんとに今まで何とも思わなかったんだ。特に変なところのないおじいさんだし」

琴美は黙ってしまう。

「どうした？」

「……お兄ちゃん」

「何？」

「お父さんとお母さんが離婚したら、どうする？」

「……えっ？」

そんなこと考えてもいなかったので、不意を突かれた。

「お前……何言ってんだ？」

琴美はふいっと視線をそらした。

「……いい。ごめん。変なこと言った。なしにして」

「なしにしてって言われたってさあ……何でそんなこと考えたんだよ？」

「何でもないの。何でもないから！」

そう叫ぶように言って、琴美は二階へ駆け上がってしまった。ドアがバタンッと乱暴に閉まる。

我に返って琴美の部屋の前で何度も声をかけたが、「うるさい！」と言われる以外の反応がない。

少ししたら出てくるかも、と思って、悟のあとに風呂に入り、それからまたドアをノックしてみたが、もう寝てしまっているのか、返事はなかった。

5

廉は、ほとんど眠れないまま、朝を迎えた。時計を見ると、午前五時ちょっと過ぎ。外は真っ暗だ。

なぜこんな時間に起きたかというと、隣の部屋で琴美が起きた気配を感じたというのと、ぶたぶたが六時に来るのを見逃したくないという気持ちから。

遠足前の小学生かよ、と思う。実際の遠足で眠れなかったという記憶がないくせに。琴美もそうなんだろうか、とぼんやり布団の中で思ったが、ゆうべ風呂に入らなかったようだから、今からシャワーか、と思い直す。

とにかく起きてしまおう。寝坊するよりずっといい。

階下に降りると、浴室の方が明るい。やはり琴美が使っているらしい。その間、コーヒーでもいれてやろう。これくらいはできるのだ。

とはいえ、コーヒーメーカーに粉と水をセットするだけなのだが。

しかし、それをやるともう何をしたらいいかわからず、ぼーっとコポコポ言うコーヒーメーカーを見続ける。

「何してんの？」

振り向くと、タオルをかぶった琴美が立っていた。

「コーヒーいれてた」

「いれてるのは機械でしょ？」

妹、冷たい。

「何はりきってんの？」

「はりきってるわけじゃないよ、お前がドア開けた音で目が覚めたの」

「本当？」

疑わしい目つきだ。

「お前だって、風呂に入るだけだったら六時前に起きることなかっただろ？」

「あたしは今朝手伝うって約束したからに決まってるでしょ？」

「それより、昨日の話なんだけど――」

「そんなヒマ、朝にあるわけないでしょ。忙しいんだから」

つんとすまして、琴美は自室に上がってしまった。なんかくやしい。

一人になって、できあがったコーヒーを飲みながら思う存分ソワソワして待っていると、六時五分前に鍵が開いて、ぶたぶたがやってきた。

「おはよう」

「おはようございます。もう起きてたんですか？」

ぶたぶたは驚いたようだった。わかってる。自分に早起きのイメージがないことは。

実際にそうだし。

「おはよう」

いつの間にか琴美が制服にエプロンをつけて台所にいた。

「おはようございます、琴美さん」

「何手伝えばいい？」

「そうですね……。おかず作りますから、自分とお父さんのお弁当箱に詰めてください」

「わかった！」

はりきっているのはお前だろ、と軽く言えないくらい、琴美はピリピリしていた。そんなに気合を入れなくても……。

ぶたぶたはマイ脚立を立て、その上に乗ったり降りたり、器用に動かしたりしながら台所を動きまくった。包丁を見えないくらい早く動かし、鍋とフライパンを同時に動かす。

琴美はあっけに取られていたが、

「ご飯よそって」

「お味噌入れて」

「鍋を洗って」

というぶたぶたの指示にぎこちないながらも懸命に従っていた。

二人をハラハラしながら見ていたら、テーブルの上にご飯と味噌汁、厚焼き玉子、納豆などが出てきた。

「失敗したタコさんウィンナーあげる」

他にも、弁当のおかずの残りをありがたくいただく。インゲンの胡麻和え、鶏肉の照り焼きなどと琴美の説明が入る。

「いつこんなに用意したの？」

「昨日琴美さんに洗い物をしてもらっている間に、いろいろ下ごしらえをしておいたんです」

「へー、すごーい」

「お母さんだって、これくらいやっていると思いますよ」

そうか……。主婦って大変なんだな。コーヒーをいれただけですっかり手伝った気分だったが、認識を改めなくては。

「廉さん、おかわりは？」

「ご飯はもういいです。そのかわり、昨日のポテトサラダをパンにはさんで食べたいんだけど」

「お弁当に入れる分以外だったら、好きに食べてください。食パンは焼きます？」

「いや、そのままでいい」

勝手にパンを出して、適当にはさんで食べるだけでこのおいしさ——至福だったが、一枚分しかなくて、悲しい。お腹はいっぱいになったが、物足りない気分が残る。

「できた！　見て見て」

琴美が達成感を声ににじませて、弁当箱を見せる。母のとどう違うかはわからないが、彩りよく、しかもかわいらしく詰められていた。父のも。これを開けた時の父の顔が見たい。

料理の腕前はさておき、琴美は盛りつけのセンスはあるようだ。

悟がのっそりと起きてきたが、台所に集まっている簾たちを見て、いっぺんに目が覚めたようだった。

「おはようございます」

「お、おはようございます。すみません……」

寝坊をしたわけでもないのに、なぜか謝る父。

「朝ご飯、どうぞ」

「あ、ありがとうございます……」

恐る恐る玉子焼きに箸をつけて、「うまい」とつぶやく。

わしわし朝食を食べた悟は、さっさと顔を洗って、琴美から弁当を受け取り、

「ありがとうございました、ぶたぶたさん。いってきます」

と出かけていく。

「琴美さん、洗い物はいいですよ」

「うん、ありがとう」

ぶたぶたの言葉にうなずくと、歯を磨き、琴美も学校へ行ってしまう。

廉は、一人取り残される。いや、もちろん大学の講義はあるのだが、こんなに早く出かける必要はないのだ。

「あっ、洗い物しましょうか？」

それくらいは、手伝いをしたことがある。

「廉さんは何時くらいにお出かけなんですか？」

「まだ余裕あります」

ぶたぶたはしばらく考えた末、

「じゃあ、お願いします。わたしは洗濯と掃除をしちゃいますね」

マイ脚立を特に問題なさそうに持って、洗面所の方へ消えていく。

あ、干せるんだろうか――と思ったが、今日も多分乾燥までかけるのだろう。苑子もそうしていたのだろうか。それとも干して、取り込んで、たたんで、しまっていたのか。

――一つとしてやったことがない。

そんなことを考えながら、一つ一つ、ていねいに食器を洗う。水は出しっぱなし。確かこれを母がいやがって、手伝いを断られた気が。でも、どうすれば出しっぱなしでなく食器を洗えるんだ。

食洗機を買ってあげるべきだろうか。

ぶたぶたにもこういうのを注意されたらどうしよう、と思ったが、居間には掃除機をかけにやってきただけで、こちらには特に注目しなかった。

掃除機かけを代わろうかと、急いで食器を片づけたが、その時にはもう終わっていた。どこ行ったのか、と見回すと、棚の上に昇ってハンディモップで拭き掃除していた。小さなものが置かれた棚の上で、スイスイと巧みなステップを踏むようにホコリを取る様は、さながらダンサー――しばらく見とれてしまうほどだった。

「洗い物、終わったよ」

「ありがとうございます。あ、そうだ。掃除ですけど、廉さんの部屋はどうしましょうか?」

「俺の部屋?」

「琴美さんから『自分の部屋はいいから、兄の部屋を掃除して』とさっき言われたんですが」

何というおせっかいな奴っ。いつからアホの子からマメな子になったのだ。

「どうしますか？　昨日は自分でやると言ってましたけど」

そう。自分でやると言った。でも、本心ではやってほしい。

「うーん……」

今は「じゃあ、お願い」と言う勇気が出ないことに悩み中。根っからの庶民だし、貧乏性だし。

「──やりましょうか？」

根負けしたのか、ぶたぶたが言う。絶対、俺の顔を読んだに違いない。

「いやっ、いいです、やっぱり」

いかんいかんっ。自分の部屋くらいは自分でやらなきゃ！

「そんなにやりたくないのなら、ざっとでよければやりますよ」

何だかあきれたような声が聞こえた気がする。

「ざっと……」

それがどのくらいだかよくわからないが、とりあえずうなずいてみる。

「じゃあ、一階が終わったら、やりますね」

まだ大学へ行くには時間があるのだが、どうしていればいいだろうか。自分の家なのに所在ない。

「あ、そうだ」

ぶたぶたがハンディモップを裏返しながら、思い出したように言う。

「昨日見かけた男性、また見かけましたよ」

「えっ⁉」

「さっき、家の前を掃こうとしたら、門前に立ってたんです。声をかけようとしたんですけど、わたしに気づくより先に行ってしまいました」

「ほとんどのぞいてたってこと？」

「そんなような様子でしたけど。ご近所の方なんですか？」

「いや、よく知らなくて……あ、でも宗田さんなら知ってるかもしれない」

寧子の顔の広さは、特筆に値する。訊かない手はない。

窓から隣の家をうかがってみると、もう起きている。というか、日課のウォーキングから寧子が帰ってくるところだった。

ダッシュで外に出て、とりあえず、

「おはようございます。この間は差し入れありがとうございました」

と挨拶をする。苑子が入院した日、おにぎりやパン、あと保存のきくものをたくさん買ってきてくれたのだ。

「いいのよー、そんなの。お互い様だもん」

昔は寧子の息子のベビーシッターなどをしたものだ。

「どうしたの？　なんか急いで出てきたけど」

「あのー、ちょっと訊きたいことがあって。最近、よくうちの周りで見かける人がいるんだけど、近所の人なのかどうか――」

廉は寧子に老人の風体を説明する。

「うーん……そんなような人なら、思い当たる人は何人かいるけど……苑子さんも知ってるはずだし……」

「誰ですか？」

名前を言ってもらうと、廉も知っている人だった。体型や服装などは似ているけれども、別人だ。

「けっこうおんなじようなかっこうしてる人って多いのよね」

そう言われてみればそうかもしれない。今まで全然気づかなかっただけで。もっと特徴的なところを憶えるようにすればよかった。

「近所の人じゃないってことですね」

「そうねー。何か事故に関係ある人？」

「それもまだわからなくて……」

「じゃあ、気にしとくね。それとなくみんなに訊いておくから」

「ありがとうございます」

ちょっとがっかりして家に戻る。写真を撮っておけばよかった——と思っても、今更仕方ない。探偵でもなし。

うーん、近所じゃないのなら——。

「もしかして職場の人？」

苑子は、隣町にある区立図書館に勤めているが、

「利用者ってこともあるよな……」

だとしたら絞り込めない。

「図書館に行ってこようかな」

「時間は大丈夫ですか？」

「わあ！」

ぶたぶたがいることを忘れていた。いたずらを見つかった気分だ。

振り向くと、頭に手ぬぐいをかぶって、バケツを持っていた。おもちゃのバケツみたいに小さい奴を。どこから出してきたんだ。

「平気だけど……」

ちょっと図書館に寄っていくくらいなら。

「部屋の掃除、終わってますよ」

「ええっ⁉」

ほんとに⁉　絶対一日で終わらないと思うから、挫折していたのに。

「あ、ざっと、でしたっけ？」

「そう。ざっとね。あとは自分でやってください」

廉は自分の部屋に戻って、愕然《がくぜん》とする。

これが「ざっと」だったら、本番はどうなるんだ……。

階段をドダダッと駆け下りるが、ぶたぶたはどこにもいなかった。えっ、出かけた？　庭で何やら音がするので居間の掃き出し窓を開けると、そこにいたのだが——なんと彼は、我が家の猫の額ほどの庭の芝刈りをしていた！

そんなぼうぼうで見苦しい芝なんか、刈らなくてもいいのに！　しかも、

「ぶたぶたさん！　その芝刈り機、壊れてるから！」

あわてて外に出る。手動だからまだいいけれど、刃物だから危ないじゃないか。

「ああ、直しましたよ」

「へ？　何を？」

「芝刈り機」

「どうやって？」

「いや、普通に——物置にあった工具で」

昔、ちらりと直そうと思ったこともあったが、悟も廉も行動に移せないまま数年たっていたのだった。それを数分でやってのけるぶたぶたって？

「けど、これじゃあ雑草生えすぎて、全部刈れないかもしれませんね」

手動芝刈り機はけっこうな負荷がかかるはずだが、ぶたぶたは難なく使えているよう

だ。あの柔らかい手でどうやって動かしているんだろうか。

「いいよ、やらなくて……」

「そうですか?」

「やるんなら、今度手伝うよ」

手(だけじゃなく)の秘密を解き明かしてくれよう。

「じゃ、とりあえずしまっときましょうかね」

「そうして――って、そうだ! 俺の部屋! ずいぶんきれいになってるけど⁉」

物置に二人で芝刈り機をしまっている時、思い出した。

「洗濯物を回収して、ベッドの布団を整えて、掃除機とハンディモップかけて、物をまっすぐ並べただけですよ」

それだけであんなふうに変わるなんて信じられない。

「普段の掃除は、それくらいで充分なんです」

「それができないから困るんだけど」

「ダメな人はダメだと、わたしも思いますけどね……」

遠い点目になって言う。何だかいやな思い出でもあるのだろうか……。ハウスキーパーの秘話とか聞いてみたい。

「ええと、じゃあ俺、図書館に寄ってから大学に行くね」

「あ、わたしも一緒に行きます」

頭の手ぬぐいをはずしながら、ぶたぶたは言う。

「えっ」

どうして？

「送ってくれるの？」

「送る？」

「でも、電車乗らないと行けないよ。車で？」

「電車……？　車で送ってほしいんですか？」

「え、ええー、車は無理だよね……？」

何だか顔がニヤけるのはなぜだ。

「いいえ、無理じゃないですよ。鍵があれば」

嘘っ。

声に出さずに言ってみる。

「――あ、そうか。冗談だよね、冗談。車はね、いくらなんでも――」

「運転くらいはできますが」

一瞬、頭が真っ白になった。

「でも、図書館まで車で行かなくてもいいと思いますが。違う図書館ですか？」

「……違う図書館？」

「苑子さんが勤めている図書館の近くにあるスーパーに行こうと思ってたんで、借りてる本を持ってきたんです」

ぶたぶたは背負ってきた黄色いリュックの中から文庫本を一冊取り出した。ほんとだ。図書館のラベルがついている。

「あっ、大学にですか⁉　じゃあ、車じゃないとダメですね」

「いや、車は無理でしょ⁉」

「大丈夫ですよ」

廉はまたまた変な格好のまま硬直したが、もうこれ以上噛み合わない会話はやめよう、と思う。

「いえ、大学には自分で、電車で行きます……。図書館には一緒に……母の自転車で行きましょう」

苑子は健康のために歩いて図書館へ行くのだが、遅刻しそうな時は自転車を使う。

「ぶたぶたさん、前のカゴに乗って」

乗るというか、入るというか。

何も考えずに出発したが、走りだしてからとてつもなく目立つことをしている、と気づく。

ぶたぶたはバッグ等に入れた方がよかっただろうか。それに、考えてみたら失礼なことをしたのでは？　これでは自転車カゴに入って散歩（？）する小型犬みたいではないか。しかも、注目がハンパではない。

しかし途中で気づく。注目されているのはぶたぶたではなく自分だと。

ここで「何でぬいぐるみをカゴに入れて走ってるの？」と誰かにたずねられたら、答えられない自信がある。

が、途中で気づいたところで何もできないので、そのまま特急で図書館へ向かう。

着いた時には汗だくになっていた。何でママチャリで来ようとしたんだ……ああ、ぶたぶたをカゴに入れようとしたから……。

——自業自得だった。

6

図書館は中学に上がってからほとんど来たことがない。受験の時に少し利用したが、恥ずかしいから母が勤めているのとは別の図書館へ行ったのだ。

まだ午前中なので、人が少なかった。カウンターには一人だけ。苑子と仲のいい若い主婦・剣崎李々子《けんざきりりこ》だった。一見高校生のようだが、れっきとした子持ちだ。

「おはようございます」

「あら、おはようございます。久しぶりだね、廉くん」

一瞬驚いた顔をしたが、

「あっ、聞いたよ。お母さん事故にあったんだって？　メールもらってびっくりしちゃった。大変だったね」

「はあ、いえ、ありがとうございます」

「今週末くらいにお見舞いに行くからね。憶えてたら伝えといて」

週末は見舞い客が多そうだ。

「はい。ところで、ちょっとお訊きしたいことがあるんですけど」

「何？」

と言って、ちょっと横を見た李々子の顔が固まった。

ぶたぶたがカウンターのふちにつかまって、いや、ぶらさがって、文庫本を返却用窓口に差し出している。やっぱり、腕（？）の力すげー。

はっと我に返った廉は、かわいそうなのでぶたぶたを抱えた。

「あっあっ、廉くん、こっちこっち」

アワアワしながら李々子が手招きをする。

「返却お願いします」

抱えられたまま、本を差し出して、ぶたぶたが言う。

「噂の――！」

李々子は叫んだあと、キョロキョロ周囲を見回す。注目するほど他の人がいなかった。

「あの、返却を――」

改めてぶたぶたが言うと、

「あ、はいっ、すみませんっ」

と本のバーコードを読み込んだ。そしてそのあと、

「きゃああっ」

控えめだが、とてもうれしそうな悲鳴をあげた。

「噂の人が、こんなところにぃ〜」

「噂って何ですか？」

ぶたぶたが戸惑った顔でたずねる。

どうもぶたぶたの自宅近くの図書館職員と知り合いで、彼のことを聞かせてもらっていたのだそうだ。

「え、その噂って、母も聞いてたんですよね？」

「うん、話したけど、全然本気にしてなくてね。聞き流して忘れてるかもね〜」

特に気を悪くした様子もなく、李々子は言う。

ああ、俺にとっての父親のメールみたいなものか……。あんなもの送られても、本気にはできないよな。

「それで、どうしたの？　本借りに来たの？　お母さんのこと？」

「あ、実は――」

事故のこととはまた別という感じで男性の容姿を説明したが、

「うーん、もっと何かわかりやすい特徴はないかな」

と言われる。そりゃあそうだよな、とがっかりする。

「なじみの利用者の中に、そういう人っていますか？」

「いるけど……特に手島さん目当てって感じの人はいなかったよ」

目当てって……まるでナンパのようだが。

「話すのが好きな人っていうのはいろいろいるけど、お年寄りだとほんとに多いからね。一番手島さんと仲が良かったのは、おばあちゃんだったと思うし。手島さん、おばあちゃんに人気あるのよね。雰囲気柔らかくて、話しやすいんだよ、粘り強いし」

粘り強いって、よくわからないが。

ふと横を見ると、ぶたぶたがいない。

あれ、スーパーに買い物に行ったのかな、と思っていたら、

「待って待って〜」

と女の子の声が。幼稚園児だろうか？

「待って〜」

その声とともに、書架の後ろからぶたぶたが、女の子に追いかけられながら出てきた。

「待って〜、ぶたさーん」

見た目も声もかわいらしい女の子なので、からまれているぶたぶたは困っているよう
だが、傍《はた》から見ている分には微笑《ほほえ》ましい。

「おじちゃんはこれから買い物に行かなきゃいけないんだよ」

「おじちゃん⁉」

女の子はピタッと止まって、大きな声で叫んだ。

「おじちゃんじゃないよ、ぬいぐるみだよ！　ぶたさん！」

うーん、一理ある。

「ぬいぐるみだけどおじちゃんなの」

「ぶたさんって呼んでもいい？」

「ぶたさんでもおじちゃんでもどっちでも好きに呼んでいいよ」

女の子はしばらく悩んでいたが、

「おじちゃん」

と言った。何をどう悩んで、「おじちゃん」に変えたんだろうか。やはり声？

「おじちゃんって何でおじちゃん？」

「奥さんもいるし、子供もいるから」

その理屈にも子持ちというのにも驚く。しかし女の子はあまり気にしない。

「奥さん？　奥さんっておばちゃん？」

「おばちゃんだよ」

ぬいぐるみの？　って訊かないのか？　訊いてほしい。

「子供ってどんな子」

「娘が二人」

「ふーん。娘って男？」

そこから!?　そこから説明するの？

「娘は女の子」

「おばちゃんはお母さん？」

「そう」

「おじちゃんはお父さん？」

「そうだよ」

そうなのか……。李々子をちらりと見ると、同じことを思っていそうな顔をしている。

「でも、おじちゃんじゃないじゃん！」

納得しない女の子は「おじちゃんじゃない！」とくり返す。本当に人が少なくて、特に迷惑はかけていないようだが、いったいどこの子だろうか。

李々子も注意しないが、それは多分、面白いからだと思う。

「どこに住んでるの？」

すると女の子は、さっきまでの憤《いきどお》りが嘘のように、別の質問をした。

「えっ、この近くだよ」

「違うよ、マンションの名前！」

マンションの名前……。マンション限定なんですか……。

「マンションには住んでないんだよ」

「ええーっ、マンションじゃないの!?」

女の子は心底驚いたような顔になる。ものすごく表情豊かだ。

「じゃあ、おうち？」

「そう」

ぶたぶたは律儀《りちぎ》に教えてあげる。

「それってどこにあるの？」

「川の方だよ。荒川。知ってる？」

「知らなーい」

「大きな川があるの知ってる？」

「それは知ってる！」

「そっちの方だよ」

「ふーん、あっ、じゃーあー、娘っていくつ？　おばちゃんっていくつ？」

と女の子は、勝手気ままにぶたぶたの個人情報をしつこく訊き出したあげく、

「あっ、あたしもう学校行くね。ばいばい、ぬいぐるみさん！」

と言って、全速力で外に出ていった。ぶたぶたのことがいろいろわかって楽しかったけど、何だったんだろうか。

「隣の小学校の子みたいですね……」

李々子が言う。授業はどうしたんだ授業はっ。遅刻上等でここにいる俺が言うことじゃないけど。

「ああ、大変だった……」

ぶたぶたの声は、明らかに疲れていた。李々子がクスクス笑いながら言う。

「女の子がおじさんにああやって根掘り葉掘り訊いてるのは、困るけど微笑ましいっていうか笑っちゃいますよね」

ぶたぶたは特殊だけど、女の子じゃなくてもあれくらいの子供なら、たいてい許してもらえることだろう。

「でも、立場が逆さになると全然印象変わっちゃう」

「逆さって？」

ぶたぶたも首を傾げる。

「おじさんっていうか、おじいさんなんですけど、女性に対してああいうふうに個人的なことを訊く人っているんですよ」

「えー」

何だそれ。

「どうしてそんなこと訊くんですか？」

「さあ、それが全然わからなくて……。ここでも何回かあったんで、注意したら来なくなったんだけどね」

「何でしょうね。淋しくてしゃべりたいのかな？」

ぶたぶたの言葉に、そういうもんなのか、と思う。

「そうかなあって思って、あまり強く言えなかったんですけど——」

そこで李々子がはっとする。

「そういえば、手島さんその人に困ってた時があったわ」

「え、注意した時とか？」

「そうじゃないの。その人に根掘り葉掘り訊かれてたのよ」

「えーっ」

そいつなんじゃないか、例の老人は。

「くわしいこと教えてください！」

「うん。午前中のヒマな時で、手島さんもこんなふうに一人でカウンターにいてね。あたしは奥で電話を取ってたの。そしたら、外で『どこに住んでるの？』とか『結婚してるの?』とか訊いてる声がして。あたしは電話切れないし、手島さんやんわり話を終わらそうとしてるんだけど、うまくいかなくて、どんどんいろんなこと訊かれちゃってたの。

でも、誰かその場にいた人が、手島さんに本のこと、わざと質問して助けてくれたのよね。

その根掘り葉掘り訊いてた声の人って、確かに廉くんが言ってた風貌だったけど……どうなのかな。それ以来、来てないみたいだけど」

「図書館の近所の人なのかな？」

李々子はちょっと考え込んでから言う。

「そうだね、ここら辺には住んでるんじゃないの？　手島さんのことはよく知らなかったから、そっちの町内じゃないのかもね」

「うちの母だけじゃなくて、他の人にも訊いてたんですよね？」

「うん」

「どんな人に訊いてたんですか？」

「うーん……だいたい手島さんと同じくらいの年頃の女の人っていうか……手島さん、

けっこう若く見えるでしょう？　三十代くらいに」

母は四十五歳だが、童顔なのだ。

「それくらいの人に同じような質問してたなあ。雰囲気も何だか似通ってる人。優しそうで、真面目そうな感じっていうかね」

「好みなんですかね……？」

「どんなこと訊いてたんですか？」

ぶたぶたがたずねる。

「手島さんに訊いてた時は、電話しながらだったから、ほとんど憶えてないんですけど、他の人のは知ってます。さっき言ったみたいに、『どこ住んでるの？』『結婚してるの？』とかから、『家族は何人？』『出身地は？』『給料はいくら？』『子供の学校はどこ？』『子供は何歳で何人？』『旦那の会社はどこ？』『親は生きてるの？』とか——」

「えええーっ……」

何それ……。

「ナンパ……にしては、怖すぎじゃないですか」

「そうだよね。ストーカーされたらどうしようって言ってる人もいたんだけど、その後は何にもないみたい」

「剣崎さんは声かけられたりしなかったんですか？」

「あたしは特になかったなあ。ここに一人でいても、何も言われなかったよ」

彼女と苑子の違いは何なのだろうか。若い人より、やはり歳の近い方がいいのか？

「その人の名前ってわかります？」

そうたずねると、さすがに李々子はキリッとした顔になった。

「ごめんねえ、それは知ってても言っちゃいけないの。それにその人、本借りたことなかったよ。貸出カードを作ってなかったんじゃないのかな」

じゃあ、女性を「ナンパ」するために図書館に来ていたのか？　あれを「ナンパ」と言えるのならば、だが——。

その時、本をどっさり抱えた利用者がやってきたりしたので、話が終わる。李々子にお礼を言って、図書館の外へ出た。

「廉さん、学校は？」

うおっ、ぶたぶたを——じゃなくて、学校のことを忘れていた。

「行きますよ」

実はもう遅刻だけど。

「じゃあ、わたしは買い物に行きますね。いってらっしゃい」

スタスタと歩いていってしまう。あの身体で、どう買い物……。

自転車に乗っていったんは駅を目指した廉だったが、どうしても見てみたい気持ちを抑えられず、Uターンしてスーパーへ行ってしまう。

ぶたぶたは、カゴを自分で持って、油とか牛乳とか二リットルペットボトルのお茶などを入れていた。

「ぶたぶたさん、持つよ！」

どうやって運ぶの⁉　腕がちぎれるよ！

「廉さん、学校――」

「大丈夫だよ、俺優秀だし！」

ここまで来て無視して学校行くとか無理だから。

廉はカートをガラガラ持ってきて、カゴとぶたぶたを乗せた。

「自分で歩けますよ」

はっ。これではまた自転車の二の舞ではないか、と気づいたが、もう遅い。それにカートに乗った状態で振り向かれて何か言われるとか、すごくかわいい。自分が変な人と見られてもいいと思うくらい。

とにかく、ここでも素早く買い物をしなければ。時間が早くて、人が少なめなのが幸いだ。

買ったものを適当にエコバッグへ詰めようとしたら、ぶたぶたに止められた。

「ちゃんと入れる順番があるんですよ」

みっちりと特訓を受ける羽目になる。家事を習いたいって言ったのは琴美の方なのに

――どうして俺がこんなことを。

……いやいや、反省。こんなことを毎日やっていたのが母なのだ。

「ぬいぐるみ持ってる……」

ヒソヒソと話している声が、背後から聞こえた。

「変な人っていろいろだわね……」

「あの人がいなくなったと思ったら……」

「ねー、安心したのに……」

「若いのに残念……」

なんか全部聞こえてるんですけど⁉

文句を言ってやろうと思って振り返ったら、おばさんたちはそそくさと姿を消した。

「もう～、何なんだよ～」

「だから言ったのに……」

ぶたぶたの言葉にはっとする。こういう目にあうことがわかっていたのか？

「ぶたぶたさん、ごめん……」

「いいえー、助かりましたよ。お米も買えたし」

一人だったらさすがにあきらめようと思っていたのだそうだ。ちょっとは役に立って、うれしい気分になる。現金だな、俺。

「それにしてもどうしてここまで来たの？　もっと近くにあるじゃない、スーパーなら」

「ここは駅から少し遠い分、安いんで」

どこから出したのか、チラシを見せてくれる。

「うちの買い物なんだから、値段なんて気にしなくていいじゃん」

「いやあ、図書館にも行ってみたかったのでね」

テヘへ、という感じで頭をかく仕草がかわいいし、真面目な人だなあ、と思う。

「廉さんの好物って何ですか？」

「作ってくれるの？」

「作れるものなら。作ったことがなくても、レシピがあるなら、挑戦しますけど」

得意というより、料理が好きという人なんだな。

「俺はね……角煮なんだけど、それは母さんのが一番好きだから――鶏の唐揚げかな」

「男の子の好きなものですねー」

俺よりずっとちっちゃいくせに「男の子」呼ばわりするとは！　何だかくすぐったいぞ！

「普通の唐揚げですか？　竜田揚げは？」

「竜田揚げも好きだよ。チキン南蛮とかも」

「あー、うちの子供たちも好きです。タルタルソース手作りすると、外で食べなくなるけど」

何だそれ、超うまそー。

「鶏もの一枚肉を揚げて、ネギソースで食べるのは、お酒に合いますよ。廉さん、はたち超えてるんでしたっけ？」

「もちろん！」

などという会話をしながら、自転車に荷物を載せて歩いて帰ってくると、玄関先に一人の男性が立っていた。

四十代半ばくらいで中肉中背のその男性は、気配を感じたのか振り向いた。ふちなしのメガネをかけて、ダウンジャケットにジーンズ姿だった。

彼は、びくっと怯えたような表情をした。ぶたぶたを見て驚いたのかな、と思ったが、視線はまっすぐ簾に——簾にだけ向いていた。

「どなたですか？」

「あの、ここは手島さんのお宅ですよね？」

「はい……そうですけど」

名字だけの表札は出ているから、否定してもしょうがない。

「あなたは、息子さんですか？」

何だろう……。まったく見憶えがないのだが。

「はい」

「お父さんはいらっしゃいますか？」

留守だから、ここで待っていたんじゃないのか？

「――何の御用ですか？　それから、どなたです？」

「あ……すみません。わたしは沼口基彦《ぬまぐちもとひこ》といいます」

沼口？　名乗られても知らない名前だ。

「父に用事ということは、仕事関係の方ですか？」

そう言ってから、仕事関係なら会社へ行くよな、と思う。

「いいえ、違います」

「父に何かあったんですか？」

「違うんです、あの……。あの、とても言いにくいことなんですが」

沼口と名乗った男性の手が震えているのに気がついた。顔も真っ赤で、汗をかいている。

「……実はうちの父が、お宅の奥さん……お母さんを、突き飛ばしたらしくて」

「えっ!?」

いきなり言われても、廉の頭はついていかない。

「えっ、どういうことですか？」

「だから……お宅のお母さんが怪我をしたのは、うちの父親のせいなんです」

ぶたぶたに視線を向けると、彼も驚いているようだったが、目を合わせても策が生まれるわけもない。

「あの、沼口……さん、お父さんがそう言ったんですか？」

「そうです。さっき、白状しました」

いきなり犯人特定ってこと⁉

「け、警察で？」

「いえ、家で……わたしと母に。警察にも連れていきます。もちろんです」

彼の身体も震え始めた。目が潤《うる》んでいる。

「ただ……どうしても理由を言わないんです……。なぜそんなことをしたのか」

「突き飛ばしたって言ったのに？」

「そうです」

「何で⁉」

何だかわからなくて、声がうわずってしまう。

「わかりません。家族にも誰にも、警察にも絶対言わないって言ってて……」

それが知りたいのに！　なぜ⁉

「すみません……。父が、とんでもないことをしでかして……それだけとにかく……謝らないと、と思って、飛んできて……」

彼はもう、廉たちを見ていなかった。うつむき、切れ切れの言葉を吐き出す。道路に点々と涙が落ちる。

廉は混乱したまま、ぶたぶたを見やる。すると彼は冷静な口調で、

「お父さんに知らせましょうよ」

と言った。

7

基彦は、情けないことに、近所の人から話をされるまで、父・照喜《てるき》の様子がおかしいことに気づかなかった。

「ここ数日、照喜さんに挨拶しても返事しないよ」

会社からの帰り道、小さい頃から知っている近所のご隠居の前川《まえかわ》が、心配そうに声をかけてきた。

「身体でも悪いの？」

「いえ、そんなことはないと思います」

昨日もいつものように食事をして、晩酌もしていたはずだ。

「よく出歩いてない？」

「散歩は習慣みたいですが――」

と言っても、それは母・栄《さかえ》からの情報なのだが。基彦は仕事が忙しく、朝早く出て、夜遅く帰るという、典型的なワーカホリックな生活をしている。実家住まいで、家事は親まかせの気楽な独り身だ。

父親はだいぶ前に定年退職してから、広いが古い家でのんびりと過ごしている。母親は元々専業主婦だ。

「何やらお母さんを怒鳴ってるような声が聞こえるよ」

「えっ」

照喜は尊大な性格なので、栄や基彦に大声をあげることはあったが、最近はめっきりと減っている。それに、怒鳴るにしても外に漏れるような激高《げっこう》を表したことはない。まだ元気だと思っていたが、もう古希《こき》を超えているのだ。身体の具合でも悪くして、イライラしているのだろうか。病院へ行かせるのも一苦労なのだ。

それでなくても確執があって、なるべく当たり障《さわ》りなく生活しているというのに——

基彦は、そっとため息をついた。

家に帰ると、照喜はもう自分の部屋に引っ込んでいた。茶の間でテレビを見ていた栄

に話をしてみると、

「うん、確かに機嫌悪いみたいね」

「言ってくれればいいのに」

「だって、どうすればいいのか、全然わからないんだもん」

拗《す》ねたように栄は言う。お嬢さん育ちの母には、こういう少女っぽいところがいつまでもあった。

「そういう時って、だいたい何でだかわかるから、それを適当に取り除けば機嫌よくなるんだけど……わからないから、ずっと悪いままなのよね」

夫婦というより同居人のように暮らしていても、さすが長年連れ添っただけの配慮は備えているらしい。

しかし、その栄にもわからないということは――基彦にはもっとわからない、ということだ。

でも、

「たまには話をしないとダメかな……」

基彦はあきらめて照喜の部屋へ行った。

古い日本家屋なので、長い廊下は冷え冷えとしていた。雨戸を閉めても底冷えがする。

「お父さん」

ふすまを叩くと、「おう」と返事がある。よかった。これで無視されたら相当機嫌が悪いということになるが、少なくとも家族には受け答えをしてくれる。

「開けるよ」

「ちょっと待て」

そんなことはあまり言われたことがなかった。言われたとおり少し待ったのち、ふすまを開ける。

「開けてもいいか訊けよ」

「待って開けたんだから、いいだろ」

つい喧嘩腰になるのは昔からだが、確かに少し様子がおかしいと思った。何か隠しごとでもあるのだろうか。

「何だ？」

「今日、前川さんと帰りに会ったんだよ」

「ああ、元気だったか？」

「元気だったよ。夜の犬の散歩してた。ていうか、最近挨拶しても返事しないって言ってたよ」

「えっ⁉」

思いのほか驚いた。

「ああ、ちょっと考え事しながら歩いてたからな。前川さん、声小さいし」

だが、すぐにいつものような口調に戻る。少し偉そうで、ちょっと人を見下すような感じ。基彦はそれが昔から癇《かん》に障った。

「何考えて歩いてたの？」

「あ？」

「そんな人の挨拶を無視するくらいの考え事って何なの？」

「別に無視したわけじゃない。たまたまわからなかっただけだよ」

会話を始めてすぐ、既視感に苛まれた。同じことを二人でくり返し、平行線のままに終わる。そんな不毛な話し合いを、これまでどれだけしてきたか。内容の重さ軽さ関係なくだ。

「前川さんは、心配してたんだよ」

「別に心配するほどのもんじゃない」

こうやって気力が削がれてしまうわけだ。疲れているし、これ以上がんばっても虚《むな》しいだけとわかりきっている。

「じゃあ、別に何もないんだね」

「……まあな」

何だ、その返事。父らしくない、と思ったが、ここでそれを言うと、またこっちの気分が悪くなるだろう。

「それじゃ、おやすみ」

「ああ」

基彦は、父の部屋のふすまを閉めて、またため息をついた。

冷気が淀んだ廊下を歩いて、自分の部屋へ戻る。風呂にでも入って、気分を変えよう。

次の日は代休だった。広い家なので、部屋でずっと寝ていたりすると、いるのかいないのかわからなかったりする。その日の基彦は、まさにそんな感じだった。

遠くで誰かが言い争っているような声が聞こえてきて、目が覚めた。寝ぼけた頭で何事かと耳をすますと――どうも照喜が栄を怒鳴りつけているらしい。

「前川のじいさんに何か吹き込んだんだろう⁉」

「何も言ってないわよ、あたしは」

栄の方は冷静というか、いつものののんびりした口調だったが、若干のいらだちも混じっている。

「本当だな?」

「言わなくたって、みんな知ってるわよ」

「何だそれは⁉」

「あなた、あんなに騒いで他に広がらないって本気で思ってるの? 他に見てる人がいたんだから、その人たちが言うに決まってるじゃない」

照喜が何か叫んだようだが、何を言っているのかわからない。かなり激高しているようだ。あわてて起き上がりジーンズをはき、部屋から出た。

「何でもないって言ったって、人から見れば変だったんだから、噂になるのは当たり前でしょう?」

「噂をするなんて下劣な行為は――」

「その元々はあなたの――」

また怒鳴っている。茶の間に飛び込む。

「やめなよ、二人とも！」

いきなり飛び込んできた基彦の姿に、二人とも目を丸くした。やはり会社へ行ったと思っていたのか。

「何だ、いたの」

栄は気の抜けたことを言ったが、照喜は、

「何でいるんだ、お前は！」

と吠えるように言った。顔が真っ赤で、あわてているようにも見える。

「何ケンカしてるんだよ、いったい」

「何でもない！」

さえぎるように照喜が叫ぶ。

「何でもないことないだろ。何だよ、噂って。何か言われてるの？」

「そんな話はしていない！」

「してただろ？　聞いてたんだからな、ずっと」

照喜はぐっと言い淀んだ。

「おふくろ、噂って何？」

「母さんは何も知らない」

「そりゃそうよ。その場にいなかったんだから。でも、近所の人から山ほど聞かせてもらってたわ」

栄は怒っている。めったに怒らない人なのに。

「前川さんみたいに心配してくれる人もいたけど、だいたいはとーっても面白そうに言われたわよ。買い物も遠くに行かなきゃならなくなったの」

不満を全部ぶちまけるような口調だった。

「やめろ、基彦がいるんだぞ」

「あら、基彦にこそ聞かせたいわ」

「こいつには何の関係も——」

「そんなことないでしょう？　家族なんだから」

基彦は母のことを「怖い」と感じたのは初めてかもしれない、と思った。

「あなただって知りたいでしょう？」

栄の言葉に、もちろんうなずく。

「やめろっ――」

「お父さんね、スーパーで女の人にセクハラまがいのこと話しかけて、出入り禁止になったのよ」

照喜の怒鳴り声に邪魔されながらも、栄は言った。

女性に手を上げるような父ではないが、基彦は母が殴られるのではないかとヒヤヒヤしながらそれを聞いたので、愕然とするまで少しだけ時間がかかった。

「――何だよ、それ」

照喜とは昔から確執があったとはいえ、そんなことをするような人間ではないと思ってきたのに。

「セクハラまがいって何だよ、おやじ」

「そういうつもりじゃないんだ」

「充分でしょ、ぶしつけにその人の個人情報を訊きまくったら」

父は言葉に詰まる。

「どういうことなの、おふくろ?」

「人のよさそうな女の人つかまえて、『いくつだ?』とか『結婚してるのか?』とか『どこに住んでる?』とか『旦那の職業は何だ?』って訊きまくったのよ。一人じゃないのよ。何人にもよ」

——そんなことしたら、「要注意人物」として地域メールで回ってしまうレベルではないか!

「嘘じゃないわよ。そのスーパーの人に訊けば、すぐ教えてくれるわ」

「何でそんなことしたんだ、おやじ!」

照喜は黙ってしまう。それは肯定したと同じことなのか?

「説明しろよ!」

「ダメよ。この人、絶対に言わないの」

栄がふんっと鼻を鳴らした。

「他でもやってたみたいだし——」

「うるさいうるさいっ!!」

照喜の身体が、ぶるぶる震えている。ヤバい。いくら健康体とはいえ、高齢なのだ。

このまま倒れでもしたら……。

「おやじ、落ち着いて」

「お前らがこんなふうにしといて、今更落ち着けるか！」

かつて見たことのないくらい、父は逆上していた。栄も少し怯《ひる》んでいる。

「もういい！　お前らと一緒にいられるか！」

「おやじ⁉」

「俺が、どんな思いでいるかなんてお前にわかるかっ！」

基彦はカッと見開かれた照喜の血走った目を呆然と見つめた。

「俺は警察に行く」

そして、唐突に父は言った。

「えっ、警察？　何で？」

どうして警察が出てくるのだ。

「俺は刑務所に入るよ」

「何言ってるんだよ⁉」

「もういい」

「おやじ？」

それから、父が言葉を発するまで、とても長く感じた。

「この間起きた交通事故――被害者の女性を車道に突き飛ばしたのは、俺なんだ」

基彦は栄を見た。呆然としている。

「まさか……そんな」

「嘘だと思うなら、確かめてみろ」

照喜は、怪我をした女性の名前と住所と病院の名前をスラスラと言った。

「警察に問い合わせて、目撃者だとでも名乗れば、喜ぶだろうよ」

「何で……そんなことしたんだよ？」

「言わない。絶対に言わない」

照喜の返事は、頑《かたく》なだった。

「警察に捕まっても言わないし、お前たちにも言わない。墓場まで持っていく。何をしたって、絶対に言わない」

8

悟にはケータイではなく、会社に電話をして、帰ってきてもらうことにした。どういうことなのかまだよくわからないので、廉の判断で沼口基彦という人を家へ上げた。本当に泣き出してしまったので、落ち着いてもらうためにもその方がいいと思ったのだ。

相当取り乱しているらしく、ぶたぶたにお茶を出してもらっても、全然気づいていない。お茶にではなく、ぶたぶたに。

三十分くらいして、悟が戻ってきた。何だか複雑な顔をしている。無理もない。多分廉も同じ顔をしているはずだ。

「すみません、すみません……」

基彦は、父を目にすると突然、土下座をした。

「いやっ、ちょっと顔上げてください」

困った悟がそう言っても、彼はなかなか顔を上げない。

「とにかく、話しましょう。最初からちゃんと話してください、お願いします」

そう何度も言うと、ようやく基彦は顔を上げた。ソファーに座り直しても、しゅんとしたままだったが。

ぶたぶたは皆のお茶をいれ直し、そっとその場を離れようとしたが、

「すみません、ぶたぶたさん。この場にいてもらってもいいですか？」

と悟が言う。

「もちろん、無理にとは言いませんけど。できたら、第三者の冷静な意見が聞きたいんです」

ぶたぶたは、ちょっと迷う素振りを見せたが、

「いいですよ。事故の目撃者でもありますからね」

と言って、傍《かたわ》らに正座した。さらにちんまりとなって。

彼を巻き込んで悪いな、と廉も思ったが、三人で話し合ってヒートアップした場合のストッパーが欲しいという父の気持ちもわかる。本当に勝手なお願いなのだが、ぶたぶ

たは快く引き受けてくれた。

その会話を聞いて、ようやく基彦がぶたぶたの存在に気づいた。放心したような顔が、余計に呆けてしまったようだった。

「こちらは山崎ぶたぶたさんです。事故を目撃している方です」

悟が断固とした口調で言う。しかし廉は、基彦が怖くなってしゃべれなくなるのでは、と落ち着かなくなった。

しばらく虚ろな目でじっとぶたぶたを見ていた彼は、急にふいっと視線をそらした。現実逃避したのかもしれない。そうしたい気持ちはわかるけど。気絶しないだけ、マシか。

「まず最初に、うちの家内はまだ入院していますが、命に別状はありません」

悟の言葉に、基彦は少しほっとした顔になった。

「治療費などは警察が事故として処理したので、車を運転していた人の保険から出ることになりました」

そうなんだ。「押されたように見えた」といっても、押した人の顔がわからないのでは、そういうことにされてしまうのかな。

「ただ、『何かが当たったような気がする』と家内は言ってました」

「それがどうも、うちの父の手のようなんです……」

基彦の声は消え入りそうだったが、しっかりとそう言った。

「でも、わたしはあなたを知らないし、沼口という名字の人にも憶えはありません。お前はどうだ？」

問いかけられた廉は、

「俺もないよ」

さっきからまた思い出しているが、学校の同級生などにもその名字の者はいなかったと思う。

「家内と娘にはまだ話をしていませんが、とりあえずわたしたちには憶えがないんですけど」

「奥さんは、知っているのかもしれません……。あるいは顔だけとか。写真を一応見てください」

基彦はケータイを開いて、画像を表示した。海をバックに撮影された男性が写っていた。むっつりと気難しそうな顔をしている。

「あっ」

廉とぶたぶたが同時に声をあげる。

「見たことありますか？」

「何度か――家の前とかで」

「すみません……」

基彦はさらに小さくなる。

「あの、もう一度お父さんの名前を――あなたのも」

「はい。わたしは沼口基彦、父は沼口照喜です。母は栄といいます」

やはり憶えがないので、父と顔を見合わした。

「どうしてお父さんのしたことがわかったんですか？」

「いや、最初は違う話をしていたんですが――」

基彦が一連のやりとりを、細かく説明する。

「スーパーで……」

ぶたぶたが小声でボソッとつぶやく。

「あの……そのスーパーって――」

廉が出した店名に、基彦はうなずく。

「そうです。そこで女の人にいろいろぶしつけなことを訊いて、煙たがられてたらしいんです」

「それって……さっき聞いたのと同じだ」

「さっきって？」

悟が言う。

「図書館で剣崎さんに聞いたんだよ。母さんにそういうこと訊いてた人がいたって」

「……それは聞いてません。けど、多分、父だと思います……」

基彦の声は消え入りそうだった。

「何でそんなこと訊いてたんですか？」

「それも——とにかく、何も言わないんです。いくらこっちが怒鳴っても、母が泣いても口をつぐんでます。奥さんとのこととは無関係だと思ってたんですが……理由は同じなのかもしれません……」

語尾にはまた涙がにじんだ。

しばらくの沈黙のあと、悟が静かに言った。

「あの……お父さんはうちの会社に電話してきたことはありませんか？」

「えっ？」

「何度か同じ声の人から電話があったんです。うちの家内が浮気をしているって」

「ええっ⁉」

廉と基彦が同時に叫んだ。

「まさか……その人と母さんが……浮気ってこと？」

「いや、それは――わたしと母でいろいろな可能性をあげて問い詰めたんですが、『そんな邪《よこしま》なことはしない！』と言ってました。奥さんを含めて、どの女性にもそんな目的はないって。どの面下げてですけど……」

そりゃそうだ。でも、ナンパ目的じゃないとしたら、何？

「僕も家内が浮気をしているというのは、とても信じられなかったし、よく観察してみたんですが、そういう兆候は見られませんでした。まあ、鈍感なだけかもしれませんが。それ以来、名乗らない電話を受付で止めてもらったら、かかってこなくなりました」

廉も考えてみたが、苑子がそんなことをしているとは考えにくい。だって、とにかく忙しい。自分の時間なんてほとんどないと言っていいくらいだ。何より家族に割《さ》く時間を優先する人——なはずなのだが。

「あ、そうだ、琴美が変なこと言ってた」

「琴美？　何だ？」

「『お父さんとお母さんが離婚したら、どうする』って……」

それを聞いたとたん、悟が鬼のような形相《ぎょうそう》になった。

「中学生の娘にも、何か言ったんですか⁉」

基彦が真っ青になった。

「そ、それは知らないです。ちょっと待ってください、電話して訊いてみます」

基彦は急いで携帯電話を取り出した。

「あ、おふくろ？　おやじに手島さんの中学生の娘さんにも何か言ったことあるかって訊いてみて？」

しばらく黙ったまま電話に耳を当てていた基彦は、

「うん、わかった……」

と、がっくり肩を落として電話を切った。

「はっきりと認めていないみたいですが、母が訊いたら、突然また怒鳴りだしたって……動揺しているみたいなので、何と言ったかはわからないんですが、おそらく間違いないでしょう……。

申し訳ありません！」

基彦は再び土下座をした。

「娘にまでって、そんな！」

悟は拳を震わせて言った。

「やはり警察に行きます――」

「いや、それは行っていただきたいですよ。娘がどんな怖い目にあったか」

今までは戸惑った顔をしていた父が、怒り狂っていた。

「あなたには子供いるんですか？」

「いえ、わたしは独身なので――」

「子供持てばどれだけ僕が怒ってるかわかりますよ」

悟は吐き捨てるように言った。

「警察に行ったあとでも行く前でも、とにかく何でそんなことをしたのか知りたいんですけど」

「ええ、わかってます……」

基彦は顔を上げられない。

「警察にも言わないって言ってるんですか？」

「そうです、はい」

「正気なんですか？」

悟は今にも殴りかかりそうだが、何とかこらえているようだ。

「真相がわからなきゃ、もう一度やるかもしれないじゃないですか」

廉もうなずく。何だかわけがわからない。ナンパ以外の目的って？

「あの、実は女性を誘ってたけど、それを隠すために嘘をついているってことはありませんか？」

廉が口をはさむ。

「そうなのかもしれませんが……もう何を信じたらいいのか……」

「何とかお父さんを説得して、本当のことを僕らに話して、家内にちゃんと謝るようにしてくれませんか？　なるべく早く」

「わかりました……。明日連絡します。本当に申し訳ありません……」

基彦は再び頭を下げた。

悟と彼はケータイの番号とメールアドレスを交換して、連絡を取り合うことになった。

「信用しているから、交換するんですからね」

と念を押し、会社の名刺ももらう。

基彦は深々と頭を下げて、帰っていった。ぶたぶたからは意識的に視線を避けていたように思える。

「夫婦にならまだしも、琴美にっていうのはひどい……」

悟はまだ怒り覚めやらぬらしい。

「俺は？」

「お前も言われたのか!?」

「ううん、何も言われてないけど」

そう言うと、父はあきれたような視線をくれた。

「お前は成人だろう？　でかいガタイしてるんだから、一人で何とかしろ」

おやじ、冷たい……。

けど、どうして自分には接触しなかったのだろうか。

基彦の身体の震えは止まらなかった。経験したことのなかった震えだ。照喜の言葉を聞いて、後先考えずに謝りに行ってしまったが、果たしてその判断でよかったのか悪かったのか……。

でも、ぐずぐずと謝罪を先延ばしすることにいいことなど一つもないと思ったのだ。あの様子では、父が謝ることはないかもしれない。なら、一刻も早く自分だけでも頭を下げるしかない。

歩きながら思い返してみても、現実のこととは思えなかった。昨日とはまったく違ってしまった。

なんか変なぬいぐるみもいたし……。

しかし、あの状況では驚く元気もなかった。父親が人を道路に突き飛ばしたよりも、ぬいぐるみがお茶を運んで、しゃべったりする方がずっと楽しいし、面白い。そういうものへの趣味などまったくなかったが、いやなことをかわいいもので癒《いや》してもらうという気持ちはちょっとわかった。

とはいえ、あのぬいぐるみは自分の味方ではない。それもまた現実だ。

家に帰ると、栄が玄関まで出てきた。

「お父さん、部屋に閉じこもっちゃった」

まあ、それは想定内のことだ。元から籠城《ろうじょう》癖はあったし。

「俺が何しに出かけたか知ってる？」

「娘さんのことを聞いたから、だいたいわかってると思うわよ」

それでもひきこもるのか。頑固なじいさんだ。

「お父さん」

ふすま越しに声をかける。返事はない。

「あちらの家に謝罪に行ってきたよ」

無反応。寝ているのだろうか。

「お父さんも今度一緒に行って、改めて謝ってください」

「……ああ」

小さな返事が聞こえる。どんな気持ちがこもっているかは、感じられない。

「まだ話す気にならない？」

黙っているということは、そういうことなんだろう。

「きっと本当のことを話さないと、あちらは許してくれないと思うよ」

「許してくれなくてもいい」

「謝るのに許してくれなくていいなんて――」

「言っても言わなくても、どうせ許してもらえないんだから」

「じゃあ、せめて俺たちには――」

「誰にも話さないと言ったろう⁉」

そのあとは、何を言っても返事をしなかった。

夕食時にも部屋から出てこないので、栄が食事を持っていきがてら声をかけたが、やはり何も言わない。

何度も、出てきて話しあおうと呼びかけても、頑《がん》として承知しない。これは本当に警察に尋問してもらっても無理かもしれない。

このままでは手島家との約束を守れないではないか。

夜になり、トイレくらいにしか行かなかった照喜が風呂に入った。基彦は、その間に父の部屋に侵入する。古い日本家屋なのが助かった。

少しの間だったが、部屋を漁る。だが、目ぼしいものは見つからない。日記や手帳の類《たぐい》はないかと思ったが、机の中にもカバンの中にもない。携帯電話もパソコンも持っていないので、そこからの情報も望めない。

部屋のもの自体がとても少なかった。

父親の趣味とは、何だろう。母は庭いじりと模様替えばかりやっているが、父が何か趣味に没頭するところなど、憶えがない。

それを言うなら、自分もそうなのだが。

父親の部屋に、自分が年取った時の空気を感じ取り、何だか身震いがしてきた。捜索したあとをあえて隠そうともせず、基彦は照喜の部屋を出た。怒って怒鳴りこんでくるかと思ったが、何も起こらなかった。

それが父と自分の関係を象徴しているようで、とても虚しくなった。

自分の部屋で、ごろんと横になる。脇には、昼寝の時に使うクッションが放ってあった。それを腹の上に置いて、天井を見つめる。

クッションの柔らかさに、あのぬいぐるみを思い出した。

あれを見た時、一瞬現実を忘れたよな。

味方でなくてもいいから――頼りにならなくてもいいから、もう一度見てみたい、と思った。

次の日、また基彦が家へやってきた。

悟の元に電話がかかってきて、埒があかないので来てもらうことにした、と父は言ったが、つまりは基彦の父親が手を尽くしてもまったく何も話そうとしない、ということらしい。

夕方、昨日と同じメンバーが我が家の居間に集まった。悟、基彦、ぶたぶたと自分。琴美はまだ病院にいる。

苑子には今朝、悟と一緒に話をした。やはり基彦の父親・照喜に図書館で会って以降、何度か話しかけられていたらしい。

そしてよく言われていたのは、

「うちに遊びに来てよ」

ということだったそうだ。

「社交辞令みたいな感じだったから、『はい、いつか』みたいな返事をしてたんだけど

「……本気だったのかな。本気にさせちゃったのかしら……」

苑子も「淋しいのかもしれない」と思っていたらしい。一人暮らしなのかも、とか。

だが、妻と独身の息子と暮らしている、と聞き、ちょっと戸惑っていた。

「親子仲は悪いの？」

「いや、くわしいことはよくわかんないけど……」

昨日、寧子に事情をぼかしながら、沼口家のことを訊いてみた。

隣町ということで「そんなにくわしくない」とは言っていたが、割と知られた地主の家系なのだそうだ。

「親族でだいぶ土地を分割しちゃってるみたいだけど、あそこは一番大きな家を持っている資産家だよ」

と言っていた。父親は元キャリア官僚で、母親は名家の出身、息子も国立大を出て、一流企業に勤めている。

庶民のうちとは大違いだ。

しかも近所の評判自体、今まで目立ったものはなかった。町内会の活動もちゃんとしているし、会費や役員の当番を嫌がったこともない。

スーパーの件は噂として知ってはいたが、その当事者が照喜とは、寧子も知らなかったらしい。

つまり、本当に最近、突然スーパーや図書館、区施設などで女性に執拗《しつよう》に質問をするといったことをやり始めたらしい。

それって、医者に相談した方がいいんじゃないのか？

もちろん、母は浮気などしていないし、念のため父もそうだ。昨日、悟からむりやりケータイの中身を見せられ、今日は苑子から同じことをされた。似た者夫婦だ。

そんな会話をしての話し合い。とはいえ膠着《こうちゃく》状態だ。

「どうしましょう……」

基彦は憔悴《しょうすい》しきっているように見えた。

「あのう……」

コーヒーを配ったぶたぶたが、テーブルの脇に座って、口を、開いてないけど開いた。

「差し出がましいようですが、提案があるんです」

ぶたぶたの言葉に、悟と基彦が顔を上げる。

基彦は、何だかすがるような視線をぶたぶたに向けている。昨日は空気みたいな扱いだったと思うが。

「何ですか、ぶたぶたさん」

悟がうながすと、彼は思いがけないことを言った。

「わたしを沼口さんちに連れていってください」

「え？」

全員がポカンとなる。

「ハウスキーパーとして、沼口さんのお宅に連れていってもらえますか？」

彼は基彦に向き直って、そう言い直した。

「えっ、あっ、そんな、連れていくって……!?」

「お父さんを説得してみますよ」

「何で、何で……あんたが」

ぶたぶたのいきなりの発言に、基彦は相当うろたえている。「何であんたが」のあとには「行くのか」ではなく、今更の「しゃべっているのか」ではないかと思えるほど。

「せ、説得ってできるの、ぶたぶたさん……？」

「うーん……やってみないとわかりませんけど……やってみたいというか」

やってみたい⁉　そんないくら律儀な人とはいえ、

「そこまでしなくていいですよ、ぶたぶたさん！」

悟もそう思っていたのか、当然止める。

「まかせてくださいと言い切れないところが申し訳ないのですが――」

ぶたぶたはにっこりと笑った。

「沼口さんのお父さんとちょっと話してみたいと思ったんです」

9

結局、連れていくはめになってしまった。

ぬいぐるみを。

基彦は、自分の前を歩くぬいぐるみの結ばれたしっぽを見ながら、家路を急いでいた。もう見ないと思っていたものが、当然のように歩いている姿に驚愕しっぱなしだ。いろいろな意味でこの二日間は現実離れしていて、ついていけない……。

と、突然ぬいぐるみが振り向いた。

「沼口さんのお父さんは、どんな料理がお好きなんですか？」

「へっ？」

変な声が出るではないか。思わず立ち止まってしまったが、ぬいぐるみが止まらないので、あわてて歩き始める。

「好きなものです。料理じゃなくてもいいです」

「あ、酒が好きなので……肴になるようなものばかりですね」

「好き嫌いは？」

「好き嫌いはないです」

「基彦さんもですか？」

名前を呼ばれたのは、全員沼口だから便宜上のことだというのがわかっていながら、何となく恥ずかしい。おっさんの声でも。

「はい。母もそうです」

「お母さんの好きなものは？　得意料理とかありますか？」

「うちの母親は、料理苦手なんです……」

どうも栄には料理のセンスがない。照喜は酒の肴を自分で買ってくる。といっても、刺身とか塩辛とかカマボコとか、キュウリや新生姜に味噌をつけるとか、何か電子レンジでチンするとか——それくらいだ。

手島家の息子は、「このぬいぐるみは料理がうまい」とか驚くようなことを言っていたが、本当だろうか。

本当のはずないではないか。

でも、こうして自力で歩いているわけだし——ありえるのかも。もしかして、うまい料理が食べられるのだろうか。

「母は和食系が好きです。父はけっこう肉が好きなんです。僕は……家庭料理であれば、何でも」

料理の好きな嫁をもらいたい、と思っていたが、いまだ叶《かな》わない。

「アレルギー持ちの方もいませんか？」

「はい」

「じゃあ、腕の振るい甲斐がありますね」

そう言って、短い腕をぐるぐる振る。かわいいというより、感心してしまう。

「アレルギーはやっぱり気をつけないといけないんですか？」

「そうですね。小さなお子さんのいるところだと、特に。小麦や牛乳や卵のアレルギーだったりすると、献立が大変で。お年寄りでも、病気によっては食べちゃいけないものがありますし。療養食も作れた方がいいですしね」

大変だな、他人の家で食事を作るというのは。

「アレルギーなんて、僕の周りだと花粉症くらいしかいないですね」

「花粉症も大変ですけどね。その時期には、少しでも楽になるようなメニューにしてますよ」

花粉症が楽になるようなメニューって何だろうか。考えても何も浮かばないが。

それはそうと、どう両親に説明しようか。

ただただ謝ることしか考えられなかったので、こんなことになってしまって、とにかく戸惑っていた。父親が悪いことをしたのは変えられない。どんな形であれ、償いはしないといけないのだ。

でも、父がなぜそんなことをしたのか、という理由は、自分も知りたい。頑固で偏屈だとは思っていたが、セクハラやストーカーまがいのことをするような人ではなかったはずなのに。

とりあえず、あのぬいぐるみ——ぶたぶたには、何か策があるらしい。説得してもらえればありがたいし、ダメなら最初に戻るだけだ。

手島家で話し合った筋書きは、

『母の誕生日プレゼントとして、ハウスキーパー派遣』

である。

実は、先日母の誕生日だったのだが、すっかり忘れていた。なので、その埋め合わせとしてしばらく家のことをやってもらうため、ぶたぶたを頼んだ——というわけだ。

「忘れた時はそのままにしちゃってばかりなんですけど……」

栄も鷹揚《おうよう》な人なので、あまり気にしない。

「でも、気づいた時にはあげてるんでしょう？　だったらそんなに変じゃないですよ」

とぶたぶたは言う。手島家もかけもちなので、忙しそうだが、

「乗りかかった船ですから」

と笑った。ははは、と言いながら、鼻がもくもく動く。

ブヒヒ、とは笑わないんだな、とちょっとがっかりした。

「ただいま」

何とか普通を装って、家に帰る。手島家は残っているカレーがあるから、今夜はさっそく我が家の夕食を作ってくれるという。

「おかえりなさい、早かったわね。——何、このぬいぐるみ」

茶の間に入ると、こたつに入っていた母がぶたぶたに目をとめてたずねる。

動じないなー、と思ったら、

「はじめまして、山崎ぶたぶたと申します」

そう言って、ちょこんとお辞儀をしたぶたぶたを見て初めて、

「まあ！」

母は目を丸くしたまま、固まった。おっとりだとは思っていたが、こういうところまでとは。

「まあああまあ」

口だけ動いて、とにかくそればかりくり返す。

「ぶたぶたさんはハウスキーパーなんだ」

「は、ハウスキーパー？」

「家政夫さんってこと。こないだのおふくろの誕生日、忘れちゃっただろう？　その埋め合わせで、何日か楽してもらおうと思って、頼んだんだ。今日は夕食作ってもらうから、台所借りるよ」

一気に説明して、台所へ逃げるようにぶたぶたを連れていった。父は茶の間にはいなかったが、多分まだ自分の部屋にこもっているのだろう。

「なんか……不自然じゃないかなあ」

「うーん……そうですかね？」

「だって、昨日からあんなに大騒ぎしてたのに、帰ってきて何もなかったように『誕生日プレゼント』って」

小声でぶたぶたと話す。いくら鈍い母でも、「おかしい」と思うのではないだろうか。

「でも、夕食は召し上がらないと」

「食欲あるかな……。特におやじは」

細い割に健啖家《けんたんか》である母親は、喜びそうではあるが。

「台所、きれいですね」

「ああ、うちの母親、掃除は好きなんですよね」

「玄関や廊下にも塵《ちり》一つないから、掃除はあまりやることないですよ」

料理はできないけど、掃除については不満を持ったことはない。そのかわり、しょっちゅう模様替えをしていて、うるさいけど。

「冷蔵庫見てもいいですか？」

「どうぞ」

食材だけはいろいろある。父も自分も好きなものを勝手に買ってくるから。

「わー、たくさんありますね」

ぶたぶたは冷蔵庫の中から何も考えていないように、食材を出していく。

「何作るんですか？」

「お鍋でもしようかな、と。寒いですから。あとはお父さん用のおつまみとか」

ぶたぶたは冷蔵庫の野菜室に詰まっているものを、無造作に出していく。

「鍋はうちも冬はよくしますよ」

お湯の中に野菜や肉を入れて、ポン酢で食べるだけなのだが。

「大根、ちょっと古そうなのがありますから、みぞれ鍋にして、全部使っちゃいましょうかね」

「みぞれ鍋？」

「大根おろしをだし汁に入れるんです。鬼おろしの方がおいしいんですけど、鍋に入れるから普通のでもいいんですよ」

「鬼おろし？」

知らない言葉がどんどん出てくる。

「あっ、脚立を持ってくるのを忘れた！」

ぶたぶたがちょっと焦った顔になった。

「脚立をどうするんですか？」

「それがないと、冷蔵庫これ以上開けられないから――」

「踏み台ってことですか？」

基彦は台所の隅に埋もれていた傷だらけの踏み台を引っ張り出した。

「どうぞ。これ、僕が子供の頃からある奴です」

階段状になっている昔ながらの踏み台だ。久しぶりに見た。なつかしい。

「ありがとうございますー」

ぶたぶたも何だかうれしそうに見えたが、気のせい気のせい。

彼はそれに乗り、残りの食材を冷蔵庫から出し、シンクに向かって包丁を振るい始めた。ものすごい速さだった。本当に切っているのか、というレベルだ。

「包丁、よく切れますね」

「あー、この間新しいのを買ってたみたいです」

栄は新しい調理器具好きでもある。何度もいうが、料理は苦手だ。

「じゃあ、もしかして鬼おろしもあるかも——勝手に探しちゃっていいですか？」

「？　どうぞ」

ぶたぶたは戸棚をあちこち開けて、何かを探していたが、

「あった！」

うれしそうに何か器具を取り出す。パッケージが開いてもいないじゃないか。

「開けてもいいですか？」

「いいですよ」

「お母さんに訊かなくてもいいんですか？」

「大丈夫ですよ、別に」

買う時は使うつもりだけど、すぐに忘れるのだ、あの人は。

「じゃあ、遠慮なく」

ぶたぶたがパッケージを取り除くと、何やら竹製のギザギザしたものが出てきた。取っ手がついている。

「これで大根をおろしてもらえますか？」

「えっ、これで？」

「これが鬼おろしです。粗くおろせるんで、水っぽくならないんですよ。みぞれ鍋には、これの方がおいしいんです」

おいしいのか……。じゃあ、手伝おう。

しかし小さめとはいえ、どーんと大根一本渡されて、つい怯んでしまう。

「すぐにおろし終わりますよ。やってみてください。普通におろすみたいにすればいいんです」

それくらいはわかるので、言われたとおりにやってみたら、何だか面白いほどドバドバおろせて——楽しい。

「ほら、すぐに終わったでしょう？」

こういう簡単なのならいくらでも手伝うのだが、それ以後、手を出す機会はなかった。でも、ぶたぶたを見ているのはそれ以上に楽しかった。

「昆布はありますか？」

「いや、わからない……」

母はだしなんて取るだろうか。

「ほんだしとかならありますよ」

「じゃあ昆布茶は？」

「昆布茶ならあります」

ちょっと古いかもしれないけど。

ぶたぶたは鍋に張った水の中に昆布茶と日本酒を入れ、コンロにかけている間にしなびた白菜や長ねぎやほうれん草等々の余り野菜を切る。さらに、父がつまみ用に買ったらしい鶏肉のささみを薄く切った。

その手並みが、とてもぬいぐるみとは思えず、手品――いや、魔法かと思う。

冷凍してあった牛肉や豚肉の薄切りも電子レンジで解凍する。

父の酒の肴を兼ねたありあわせの副菜も三つほど手早く作り、

『ご飯の支度ができた』とご家族に声かけてきてください。あとは材料を鍋に入れるだけです」

「えーっ」

さっき準備を始めたばかりなのに。なんと手際のいいことか。料理のできない基彦からすれば、ほとんどイリュージョンだ。

あわてて茶の間に向かった。栄はまだこたつに入ったままだった。

「さっきのは何だったの？」

一応憶えているらしい。

「あとで話すよ。鍋するから、カセットコンロどこだっけ？」

「お鍋？　それも誕生日プレゼント？」

話が通じているのかいないのか――母はまったく不思議な人だ。

栄が出したカセットコンロをこたつの上に置く。

「もうできるから、ちょっと待ってて」

「えっ、何、あんたが作ったの？」

「俺じゃないよ、ぶたぶたさんが作ったの」

「何よ、さっきからぶたぶたぶたさんって――」

「おやじは部屋？」

「ああ、うん……」

急いで照喜の部屋へ行き、ふすまを叩く。

「夕飯だよ！」

返事がない。

「寝てるの？　夕飯だよ」

しばらくして、ようやく、

「……いらない」

と返事があった。

「何言ってんだよ。せっかく作ったんだから、食べなよ」

作ったのは俺じゃないけど。

「母さんに、飯はいらないってさっき言ったのに」

「おふくろじゃないよ、作ったのは」

「……え？」

中で動く気配がした。

「お前が作ったのか？」

「違うけど――」

ふすまがすごい勢いで開いた。ピシャッと音がするくらい。

「誰が作った？」

「え？」

何をそんなに意気込んでいるのだろうか……？

「誰が作ったんだ、その夕飯は？」

怒っているのか？

「えーと、それは……」

「いいっ、自分で見るから！」

照喜はドタドタと廊下を走っていってしまった。父が走るのを久しぶりに見た気がした。ましてや家の中でなど。

何かまた怒鳴りこむのでは、と思ったが、意外にも静かに茶の間の障子は開けられたようだ。

しかし、

「何だこれはー⁉」

そのあとに響き渡る叫び声。ガタンッと何かが倒れる音。

いかん、びっくりさせすぎたか⁉

茶の間に走ると、照喜が尻餅をついて座り、こたつ脇に立つぶたぶたを指さしていた。

栄はオロオロして二人を見比べている。

「基彦！　これは何だ⁉」

「何って……ハウスキーパーの山崎ぶたぶたさん」

まさか自分が何食わぬ顔でこんなことを言えるようになるとは思わなんだ。

「ぬいぐるみじゃないかっ」

いつの間にかこたつの上には、鍋と野菜と肉の載った大皿、取り皿や箸、お玉などが並んでいた。誰があの鍋を運んだんだ？

——多分、母だ。そう思っておこう。

「……もう、これでもいいか」

父がつぶやいた。何だそれ？

「大丈夫ですか？」

ぶたぶたもあっけにとられていたのか、はっとなって（とわかる自分が信じられない）そう言った。

「男か⁉」

父は、悲鳴のような声を出す。泣きそうな顔になっているではないか。どうしたんだろう、いったい。

「基彦！」

「はっはい⁉」

「お前は……！」

そう言ったきり、父は黙りこんだ。

「あっ、ねえ、とにかくお父さん、ご飯食べない？　おいしそうよ、すごく」

のんきな母は、ぬいぐるみの存在よりも目の前の鍋に夢中だ。

「勝手に食べろ」

「おやじ……」

「俺はいらない」

「お父さん、今日何も食べてないじゃない——」

「うるさいっ」

照喜はそう言い捨てると、茶の間から出ていってしまった。

あとには呆然とした自分と母とぶたぶたが残された。鍋がくつくつ煮える音がやけに響く。

「と、とにかく、食べようか……」

「そうね。そうしましょう」

母と一緒に箸を取る。

「肉はもう煮えてますよ」

ぶたぶたの言葉に、栄が「ひっ」と小さく悲鳴をあげた。

「どうやって食べたらいいの？」

基彦の質問に、ぶたぶたは取り皿にポン酢を入れながら答えた。

「お好きに食べていただいてかまいませんが、ぜひ肉は大根と一緒に食べてください。締めは雑炊ですか？　ゆでうどんもありましたけど——」

「あっ、あたし雑炊が好きっ」

絶対雑炊派の栄が、たまらず声をあげる。

「……玉子入れて」

「はい、わかりました」

それでも、まだ少しおっかなびっくりだった母だったが——肉を大根おろしと一緒につまみ、ポン酢をつけてひと口食べると、

「おいしーい……」

と、ものすごく幸せそうな顔になる。この人、料理は苦手なのに、食べることは大好きなのだ。

「おつまみもおいしい。そうだ。久しぶりに飲んじゃおうかな」

と台所へ行って、いそいそとビールを持ってくる。二缶。

だが、基彦は断った。照喜の様子が気になるし、ぶたぶたのこともあるので、頭をはっきりさせておきたかったのだ。

「そう？」

何だかがっかりした顔で母はビールを飲み始める。この人はほんとにのんきな――今、うちがどんな状況かわかっているのか？　基彦は少し栄に腹を立てていた。

「お鍋、おいしいわよね」

基彦は答えない。正直とてもおいしいけれど、和やかに会話する気分ではなかった。

「ありがとうございます」

ぶたぶたが言う。

「あたし、鶏のつみれが好きなの」

「あれは簡単でおいしいですよね」

「えっ、簡単⁉」

母を同じレベルだと思わないでほしい……。

「手間かけてもおいしいし、手抜きしてもまたおいしいですよ」

「手間かけた奴が食べたい……」

「作りましょうか、今度」

「作ってくれるの？」

「好きなもの作りますよ」

すると母の顔が、パアァッ！　と明るくなった。

——餌付けされた、ということか。ぬいぐるみのくせに人心掌握が巧みすぎる。

でも、おいしいことは確かだし、毎日こんな食事ができるのなら、明日もがんばろう
と思うこともたやすいだろう。

父も食べればいいのに——本気で基彦は思った。

栄はちょっと酔っぱらってきて、

「ぬいぐるみさんも飲む？」

と言い出した。

「いえいえ、わたしはけっこうですよ」

おさんどんばかりで全然食べていないが、そういえばそれが彼の仕事なのだった。

「こんなおいしいもの作ってくれて、ありがとうね。何だかこんな楽しい食事をしたのって、久しぶりだわ……」

栄のその言葉が、基彦の胸にちくりと刺さった。

ああ、母もこんな状況から逃れたいのかな……。

だって、普段家ではめったに飲まないし、缶ビール一本ですっかりできあがってしまうくらい酒に弱い人なのだ。

普段何も起こらない家なのに、起こったことがこんなやっかいなこととは——やりきれない思いは、自分も母も同じなのかもしれない。

「お父さんには、雑炊を作ってあとで持って行きますよ」

ぶたぶたが、煮えた野菜や肉を取り分けて台所へ運んでいったすきに、栄が話しかけてきた。

「あのぬいぐるみさんは、もしかして事情を知ってるの？」

「うん」

「何で?」

「説明すると長くなるから、時間がある時にゆっくり話すよ」

「えー」

待ち切れないような顔をしているが、我慢してもらうしかない。

「あちらさんとは話ししてきたんでしょ?」

「してきたよ。それでこんなふうになってるの」

栄はわけがわからない、というような顔をしている。立場が逆なら、自分もそんな顔をするだろう。

ぶたぶたにもじっくり話を聞きたいところだが、手島家でも具体的なことは言わなかった。

気になるが、まかせるしかないのだろうか。

10

琴美は、病院に寄らずに家へ帰った。

誰もいない家の灯りをつけると、食卓の上に封筒が載っていた。

表に付箋が貼ってあり、「琴美さんへ」と書かれている。

『家事を教えると約束しましたが、もう少し待ってください。冷蔵庫の食材で簡単にできるレシピだけ置いておきます。ごめんなさい。　山崎ぶたぶた』

昨日、ぶたぶたは突然急用ができたとかで、夕食の時にいなかった。三人で残ったカレーを食べたら、なくなってしまった。

琴美は今日、初めて自分で夕食を作ってみようと思っている。

封筒の中には細かい手順が書かれている料理のレシピ集が入っていた。パソコンで印刷したものらしい。写真もついていて、とてもおいしそうだ。

琴美は手を洗って着替えをすると、苑子のエプロンをつけた。

ぶたぶたのレシピの中から、一番簡単そうなものを選び、冷蔵庫を開ける。手紙のとおり、食材はすべてそろっている。

キャベツは千切るだけ、ツナは缶を開けるだけのパスタ。鷹の爪を千切った指で目をこすらないように、と注意書きまであった。

母のように他のものまでは作れないけど、パスタをいっぱいゆでてごまかそう。

まだ父と兄は帰ってこないから、その間、部屋の掃除をする。

部屋にいろいろなものを貯め込んでいたけれども、今はスーツケース一つに全部詰め込めるくらいの荷物にしたい、と琴美は思っていた。何かあったら、すぐに持ち出せるように。

母のメモを読んでゴミ袋を見つけ、部屋のいらないものを詰めていく。

黙々とやっていると、何も考えなくていいことに気づく。「掃除は嫌いだけど、やるとすっきりする」と言っていたクラスメートの気持ちがやっとわかった。

「琴美」

顔を上げると、廉が部屋をのぞいていた。いつの間に帰っていたんだろう。全然気がつかなかった。

「どうして今日、病院来なかった？」

兄にはメールを出しておいたのだが。

「ご飯の支度と、部屋の掃除をしようと思って」

「お前が!?」

心底驚いたような顔をしている。失礼な。

「父さんが呼んでるよ」

「何？」

「話があるんだって」

「わかった」

まだまだ部屋は片づいていないけれども、仕方ない。

階下に降りると、悟が深刻な顔をして、食卓についていた。

「何、お父さん」

「座りなさい、琴美」

言われるまま、向かいの椅子に座る。

「ご飯は?」

「あとでいいから」

ぶたぶたほどでなくても、あたしにだって食事の支度できるのに。

「昨日、廉から聞いたよ。何だか妙なこと言ってたんだって」

「妙なこと?」

「お父さんとお母さんが離婚するとか何とか。そんなことないから。安心していいからな」

いきなり父が言った。

ひどい、お兄ちゃん。言っちゃったんだ。はっきり口止めもしてなかったけど、「なしにして」って言ったのに。

そう訴えようとしたのに、声が出なかった。あれ? どうしたんだろう?

声が出ないよ、って言おうとしても、出るわけない、あたし変だ、おかしい……。お父さん、お兄ちゃん、あたし変だ……。

「……琴美？　どうした？」

「琴美？」

父と兄の心配そうな声が聞こえる。何かと思えば、手の甲に何か冷たいものが落ちた。

あ、あたし泣いてる。

「琴美、知らないおじいさんから何か言われたんだろう？」

廉の質問に、何度もうなずいた。

「この人か？」

悟がプリントした写真を見せた。忘れられない顔が写っていた。またうなずく。

「何を言われたのか、お父さんたちに話してくれ」

だが、琴美の声が再び出るようになったのは、ずいぶんあとのことだった。小学校低学年の時以来、久しぶりに父に抱きついて泣いてしまったからだ。

ずっと泣くのを我慢してたのかな、あたし……。

「一回だけだし、言われたのもひとことくらいだったんだけど……」

まだ少ししゃくりあげながらも、琴美は話しだした。

「何て言われた？」

「お母さんの図書館に行った帰りに、声をかけられて、いきなり、『あんたのせいで、あんたの両親は離婚できない』って……」

「何でそんなひどい嘘を……！」

廉の声には、怒りがにじんでいた。

「そのあとにお母さんが事故にあったたって聞いたから……」

嘘か真実かではなく、琴美はその言葉にこめられた必死さに圧倒された。悪意も感じたのだが、それよりも本当にその人がそれを望んでいるというか——それを信じていることを本能的に感じ取って、怖くなったのだ。

琴美にそれをちゃんと説明できる自信はなかったが、父と兄には自分が傷ついたことだけはわかってもらえたようなので、それだけで安心した。

「どうしてそんなこと言う権利があるんだ……」

そう言って、悟は頭を抱えた。

「やっぱり警察に先に言った方がいいかな」

「それはぶたぶたさんが帰ってきてからでも——」

帰ってくる？　どこから？

「ぶたぶた、どうしたの？」

「ああ、実は――」

二人から話を聞いて、琴美は別の意味でショックを受けた。

「それって……つまり、あたしに暴言吐いた人のところに行ったってことだよね？」

「うん、そうだな……」

「何でそんなところに？　何されるかわからないよ」

また涙がこぼれそうになる。

「何か考えてることがあるらしいんだけど、はっきりは言ってくれなかったんだよ」

「ぶたぶた、家事教えてくれるって言ってたのに……」

今頃ひどい目にあっているかと思うと、かわいそうでたまらない。

「お前、ぶたぶたはロボットとか言ってたじゃないか」

廉がちょっとあきれたように言った。

「だってだって……ぬいぐるみに家事教わるとかダメすぎる……」

あんなに小さいのにいろいろできるなんて、あたしはどうしたらいいのだ。

「だったら教わらなきゃいいじゃん」

「だって、あたしがお父さんとお母さんの重荷になってるなら、自立しないとと思って……」

ずっと迷っていたのだ。言われる前――中学生になった頃から。働いている母に全部やってもらっているのはいけないと。そんな子供っぽくてはいけないのだと。

だけど、ずるずると受験近くになってしまった。今更、母に教えてと言えなくて――じゃあ母以外の誰に教えてもらおうかと考えても浮かばず――そんな時に、あの男性にあんなことを言われた。

あたしがお母さんだったら、こんな大変な家から出ていくなって思ったのだ。

つっかえつっかえそのようなことを二人に話したら、

「お前のせいで離婚できない、って言われたんだろ?」

と廉に突っ込まれた。

「お前は親を離婚させたいのかさせたくないのか、どっちなんだ」

悟が笑って、琴美の髪の毛をぐしゃぐしゃにした。

「そうだね……。なんかもう、あれからよくわかんなくなってて」

まだぐずぐずと涙が出る。

「今度からは何かあったら絶対に家族に言いなさい。一人で抱えないで」

「わかった……」

父の言葉に琴美はうなずく。二人にもう一度髪の毛をかき回されながら。

そのあと、家族三人で夕飯を作った。キャベツとツナのスパゲッティは、味が薄かったけれども、とてもおいしかった。

早くお母さんにもごちそうしたい、と琴美は思った。


照喜は部屋に寝転んだまま天井を睨みつけていた。

何でこんなことになってしまったのか……。

罪悪感と羞恥心にまみれているくせに、どうすればいいのかわからない。あの家族には、息子ではなく自分が謝らなくてはならないのに……。

栄の言うことを聞けばよかった。自分があんなふうに暴走するとは、考えもしなかったのだ。

少女がこぼす涙を見て、ようやく目が覚めたが、その時には遅かった。子供まで巻き込むなんて、最悪だ。せめて、兄の方にすれば——いや、それでは止まらなかったかもしれない。

まともな話し合いができないのを息子のせいにして、自分の態度を省みなかった。全部わかっているのだが、こんなこと、誰にも言えない。墓場にまで持っていくしかない。

しかし、それでは家族にこのまま白い目で見られるままだ。話したところで許してもらえるとも思えない。もちろん、手島苑子の家族にも。

どう解決したらいいのか、照喜は途方にくれていた。

「照喜さん」

ふすまがとんとんと叩かれて、まだなじみのない男の声がした。

いや、それは昨日から家にいるぬいぐるみの声だ。そんなこと信じられないが。

「お夕飯持ってきました。食べてください」

さっきからいい匂いがしていたのはわかっている。

昨日もそうだった。

「わたしはハウスキーパーの山崎ぶたぶたといいます。しばらくこちらに通わせていただきますので、よろしくお願いします」

と、ふすまの向こうで言っていた。見えないと落ち着いた中年男性しか浮かばない声だ。

「では、また明日うかがいます。失礼します」

そう言って、外は静かになった。

しばらくしてふすまを開けると、茶の間の方からテレビの音が聞こえるだけで、廊下には誰もいなかった。

お盆の上にはラップのかかった雑炊と、煮えた肉と野菜の盛り合わせ、酒の肴らしい青菜とほたての和え物などが載っていた。

朝から何も食べていなかったので、雑炊を食べ、和え物をつまみに酒を飲んだ。

今日は魚の煮付けと雑穀米、豆腐の味噌汁にベーコン入りのきんぴらごぼうだ。

「うまい……」

その夜も、そして今日も、いくら飲んでも酔えない。

これを作ったのが、あのぬいぐるみ――いや、あの声の持ち主でなければいいのに。

今日も見られている。ような気がする。

照喜はそっと振り向いたが、そこには誰もいなかった。

こんなふうに気配を消せるのは、あいつしかいない。ここ数日うちにやってくるぬいぐるみ――ハウスキーパーの山崎ぶたぶただ。

栄の誕生日プレゼントとして、基彦が頼んだらしいが、どうも何か裏があるような気がしてならない。

いや、この状況では明らかにスパイとしか言いようがないだろう。

おそらく、妻と息子が共謀しているに違いない。「絶対に言わない」と宣言したあの、ことを探りだすために。

そんなに知りたいのか。

そりゃ確かに知りたいだろう。反対の立場だったら自分だってそう思う。だが、こっちの気持ちもわかるはずだ。

だから、訊かないのだ。

それにしびれを切らして、息子たちは彼に頼んだのだろう。ハウスキーパーというのも本当かどうかわからない。まさか、探偵⁉

ハウスキーパーでも信じられないのに、探偵なんてもっとおかしい。探偵が、あんなにおいしいものを作れるはずがない。

——そういえば昔、やたら料理を作るシーンが多い海外の探偵小説があったな。

思い出したら、久しぶりに読んでみたくなった。

多分、図書館に置いてあるだろう。有名な作品だし。

でも、図書館には行けそうにない。別の図書館であってもダメだ。自分はおそらく、ブラックリストに載っているだろう。

古本屋にでも行くか。

しかし、昔ながらの古本屋はめっきり減ってしまい、新興の古本屋の場所はよく知らない。

栄か基彦に訊けば教えてくれるだろうが、ここ数日二人とはほとんど口をきいていなかった。

ただ、口数が少なくても普通に接しているところがまた怪しいのだ。基彦は手島家に謝罪に行ったはずなのに、それにも触れない。それならとこっちも触れないから、結局は我慢比べのようになってしまっている。

出かけたり、部屋から遠く離れたりすると、部屋の中を漁られるような気がしてならないので、むっつりと閉じこもってばかりになっている。家の中でも監視されているような気分だ。

今のところ何か見つけられた痕跡はない。相手もそんなヘマはしないか。

まあ、どっちにしろ何もないのだが。

そんな毎日を過ごしていると、さすがに神経がすり減ってきて、いっそのこと、自首をしようか、とさえ思う。

そうだ、そうしよう。

なぜ家族によって突き出されるのを待っているのか。自分はそんなに臆病者だったのか。

さっそく照喜は出かける支度を始める。

ふと気配を感じて振り返ると、さっと何かが柱の陰に隠れた。

ピンク色のものが見えたような……？

多分気のせいではないのだろうが、そのまま放っておいて照喜は出かけた。

天気がいいので、散歩コースを回りながら、警察への道を地図で確認する。

遠い……。交番はあるけれども、警察署となるとこんな辺鄙《へんぴ》なところにあるのか。行ったことがないので、知らなかった。

でも、帰り道の心配をする必要もないのだから、のんびり歩くか。

その時、また気配を感じて後ろを見るとやはりピンク色の、耳が植えこみから見えていた。

ずいぶんと間抜けな探偵だな。それに、せっかくこっちが出かけたんだから、本格的に部屋を捜索すればいいのに。

探しても何もないとわかったのかもしれないが。

あとを尾けたからって、何もないのに。警察に入っていったら、さぞ驚くだろう。

その時のぬいぐるみの顔を想像していると、大変気分がよかった。もっと遠回りをするつもりだったが、今すぐ行ってやろう。どれだけ焦《あせ》るだろうか。

警察署は、幹線道路沿いの立派な建物だった。

気づいていないふりをして背後をうかがう。いるいる。向かい側の歩道に。信号機の柱に隠れているつもりらしい。

青になって渡ろうとしたら、警察署に入ってやろう。見てなくても音楽が流れるからわかる。

『通りゃんせ』が流れてきたので、照喜は颯爽《さっそう》と警察署への短い階段を昇った。すでにセリフはシミュレーション済みだ。

ところが、照喜の足はそこで止まる。

ガラス戸の向こうに見える女性に、目が釘付けになった。

手島苑子だ。

こっちへ歩いてくる。

退院したのか……。そして警察にいる、ということは……。

足が震える。自分のやらかしたことの重大さは、充分理解していたつもりだったのに……。

彼女と一緒に歩いてくる制服警官に、今にも押さえつけられるのではないか、と思うと、怖くてたまらない。

「照喜さん」

足元から声が聞こえる。落ち着いた声だ。

「照喜さん、こっちへ」

ズボンをひっぱられて、照喜は機械的に歩いた。

歩道に降りると、少しほっとした。だが、ここでは手島苑子に見つかってしまう。足はまだ動かない。ぶたぶたにひっぱってもらわなければ――。

その時、彼女が脇を通りすぎていった。

「照喜さん？」

呆然とその女性を見送る。違う。手島苑子ではない。別人だ。よく似ているけれども――雰囲気が。

ああいう女性にばかり、自分は声をかけていたのだ。清潔で、誠実で、控えめな女性。安心感のある人。

またズボンがひっぱられて、そのまま照喜は誘導されるがままに歩いた。どこかの建物の中に入る。

「座ってください」

腰を降ろす。とても座り心地のいい椅子だ。ゆったりと身を沈めていると、だんだん周囲が見えてくる。

「……何だ、ここは」

新しくて明るい場所で、どこかのロビーかと思ったが、

「家具屋？」

「そうです」

隣の豪華なソファーにちょこんと座っているぶたぶたが、すまして答えた。

二人は、入り口近くにディスプレイされたリビングセットに座っていた。照喜の座っている椅子は、オットマン付きだ。どうりで楽だと思った。

入ってくる客にジロジロ見られながら、どれくらいここに座っていたのか。

「ここは、座ってていいところなのか？」

「いいんですよ。多分」

曖昧なことを抜かす。

見回して店員を見つけたが、特に嫌な顔はしていない。配置されているローテーブルの上には、「座り心地をお確かめください」と書かれた紙が貼ってあった。

なら安心して休める。

「ずいぶんと座り心地がいいな、この椅子は」

眠くなりそうだ。

「しかもお安いですよ」

テーブルの上の値段を見ると、本当に安かった。あまりに安いと、ちょっと疑いたくなる。

「ここは新しいのか？」

「そうですね。できたのは今年の頭くらいです」

人が続々と入ってくる。

「知らなかったな」

散歩するにしても、だいたい同じコースだから。

去年までは、確かにそういう規律を守っていたはずなのに。

もう一度、椅子に身体を預けた。柔らかさがちょうどいい。

「気に入りましたか？」

まるで店員のようなことを言うぬいぐるみだ。

「あんたは俺を監視しているんだろう」

「そんなことしてませんよ」

あわてたように鼻をもくもくさせる。カメラでもその先に仕込んでいるのか。

「そんなことされても、俺は何も言わないからな」

照喜は立ち上がり、家具店の外へ出た。

幹線道路の利点の一つは、すぐにタクシーがつかまることだ。それに乗り込むと、家近くの交差点の名を言う。

「急いでくれ」

「わかりました」

ぶたぶたを置き去りにしてやった。隠れて見張ったりするからだ。

だが、全然心が晴れないのはどうしたことだろう。

11

次の朝、照喜は騒がしい音で目が覚めた。

栄とぶたぶたが奥の洋間の掃除をしている。栄は掃除と模様替え好きだが、最近それのやりすぎで腰の調子が悪い。物置状態になっている奥の部屋の整理を泣く泣くあきらめていたのだが、ぶたぶたに手伝ってもらって再開したらしい。

しかし、彼より栄の方がずっと身体が大きいのだし、あまり役に立っていないのではないか、と思うのだが……。

「あ、おはようございます、照喜さん」

気安く名前を呼ぶな、と思ったが、昨日もさんざ呼ばれていたのだった。今更言いにくい。

「朝食、茶の間にありますので、食べてくださいね」

言われたとおり行ってみると、こたつの上にはシャケの切り身と納豆、きゅうりの酢の物、えのき茸の味噌汁といった食事が並んでいた。

二人分ということは、基彦が家にいるのか。そういえば、今日は土曜日だった。

朝食は何の変哲もないものだったが、味噌汁はだしがきいて、鮭はふっくらと焼きあがっていた。納豆までいつもよりおいしい気がしてくる。パックのままなのだが。

奥の部屋では、ドタンバタンと大きな音を立てて何やら掃除が続いている。時折、栄の笑い声が聞こえるから、勝手にやっているわけではないのだろうが、しまいこんでいるものを引っ張り出していると思うと、気分がよくなかった。やはり何かを探られているような気がして。

味噌汁を飲み干し、顔を洗うために洗面所へ行く。歯を磨いている時に、栄の楽しそうな声が響いた。

「わー、楽ー!」

何だろう。腰をマッサージでもしてもらっているのだろうか。

あの柔らかい手で?

それとも、上に乗って踏みしめたりするのだろうか。猫より軽そうだが……。

そんなことを気にしながら顔を洗っていたのだが、

「わー、すごいすごーい！」

めちゃくちゃ騒いでいる。あんなにはしゃいでいる栄の声は、とんと聞かない。

気になって仕方ないので、タオルで顔を拭きながら奥の部屋へ行った。

ゴミ袋が廊下にたくさん出してあった。洋間に行き着くまでが大変だ。

袋を移動させせながら無理やり進む。だいぶすっきりした室内をのぞくと、栄の姿しか見えなかった。

栄は一人で部屋の模様替えをしていた。タンスやチェストなどをコロコロと動かしている。

「おい」

照喜が声をかけると、

「きゃああ！」

と叫んで飛び上がった。

「何してるんだ？」

「えっ、何って、部屋の片づけだけど……。もうっ、びっくりしたー」

胸をおさえて、大げさに座り込む。

「何で一人でタンス動かしてるんだ。腰悪いんだろう?」

「あ、これは、ぶたぶたさんが持ってきてくれたの。タンスとかの下に入れて、簡単に動かせる道具」

栄は、手に持った棒のようなものを指し示した。

「これで、こう持ち上げて――」

棒を底に取りつけた器具にかます。てこの原理を使うらしい。

「下にローラーを入れるの」

するとタンスは、まるで滑るように軽く動いた。

「だから、一人でも模様替えできるの」

「一人?」

照喜は部屋を見回した。

「ぬいぐるみが手伝ってるんじゃないのか?」

「……あっ」

ぶたぶたの姿はない。

まさか、部屋に入り込んでいるのか。昨日釘をさしたばかりだというのに。

「あ、お父さん待って！　違うの！」

何が違うだ、バカにしやがって！　あいつ、俺の言うこともわからないのか⁉

自分の部屋へ駆け込むと、そこには誰もいなかった。しかし、照喜は注意深く部屋を見渡した。

「そこだ！」

机の引き出しにぎゅうぎゅうになって入っていたぬいぐるみのしっぽをつかんで、ひっぱりあげた。頭隠して尻隠さずとはこのことだ。

「す、すみません！」

いつも落ち着いている声があわてている。ちょっとすっとした。

「何、人の机を探ってるんだよ！」

首根っこをひっつかんで、全身をガクガク震わす。点目がぶれる。

「いや、あの……」

「やめて、お父さん！」

栄が飛び込んできた。

「あたしと基彦がいいって言ったのよ!」

栄が叫ぶ。

「何だと? 何の権利があってそんなことを――」

「あなたが隠してるからいけないのよ。どうして家族なのに、言ってくれないの?」

そう言われると、返事ができない。

「このままずっと隠してるつもり?」

「隠すさ!」

照喜は吠えるようにそう言った。

「絶対に言わない。コソコソ嗅ぎ回ってる奴になんかにはなおさら言わない。拷問されても言わないからな!」

もはやプライドの問題だ。自分がコソコソ嗅ぎ回ったことはすっかり棚に上げた。

「あなたのそういう頑固なところ、昔からダメよね!」

「何だと――!?」

「あなたがそうだから、基彦に――」

最後まで言わせず、ぬいぐるみを栄に思いっきり投げつけた。クリーンヒットして悲鳴をあげたが、全然痛くなさそうなのがくやしい。

「何してんだよ！」

ジャージ姿の基彦が、部屋へ駆け込んできた。

「お前は黙ってろ！」

「やめろよ、おふくろもぶたぶたさんもかわいそうじゃないか」

「かわいそう⁉」

かわいそうなのは誰だ？

「それは——お前じゃないか！」

しん、と静まり返った。

その静けさに耐えられず、何だかモヤモヤしたものが、一気に吹き出してきそうだった。様々な感情だが、根底には家族に対して、他人に対して、そして何より、自分に対してての怒りがある。

いらだち、くすぶり、妬《ねた》みや嫉《そね》みもあった。だがその後悔と罪悪感とがないまぜになったドロドロの気持ちは、墓場まで持っていくと自分自身で決めたものだ。

「あー……えーと」

ぶたぶたが立ち上がるのが見える。ふらふらしながら、自分の身体を撫で回していた。

「……わかりました」

何がわかったと言うのだ、このぬいぐるみは。

「ぶたぶたさん、大丈夫ですか？」

「はい。何ともないです」

ぶたぶたは基彦の問いかけに、しっかりした声で答えた。

「わかったって、何が？」

栄が言う。

「照喜さんが手島苑子さんのことを押していないということです」

「えっ⁉」

妻と息子と、自分の声がきれいに重なった。そっち？　そっちなのか？

「僕が見た限り、苑子さんは押されたようには見えなかったんです」

「それはあんたの主観にすぎないだろう？」

自分の声はまだ震えていた。

「それは確かにそうなんですが、僕は他の人には見えてなかったものが見えていたんですよ」

超能力？　霊能力？

「苑子さんの背中に伸ばされていた右手です。僕はとても小さいので、違う角度から見えたんですね」

「それは……押した手だったのかもしれないじゃないか」

照喜の言葉に、ぶたぶたは肩をすくめた。

「そうですね。その手が彼女の背中を突いたのかもしれません。そこまで僕は見ていないし。

でも、僕が見た時、その手は苑子さんのコートの襟をつかみそこねているように見えたんです。少なくとも、助けようとしていたように。

そしてその手首には、照喜さんと同じ痣《あざ》がありました」

照喜は思わず手首を隠した。右手の内側に丸くて赤い、かなり目立つ痣があるのだ。夏でも長袖を着て、なるべく手首を見せないようにしていたのに、さっき顔を洗っていたので袖のボタンをかけ忘れていた。

あの時は無我夢中だった。なぜあそこで彼女を追いかけていたのか——謝ろうとしていたのかもしれない。それとも、本当に突き飛ばそうとしていたのかもしれない。

ただ、目の前でよろけた彼女を放っておくことはできなかった。あれは、単なるとっさの行動だった。ただそれだけだ。

「僕は、それを確かめたかっただけなんですよ」

「えっ……」

じゃあ、もう一つの方はわかっていないのか？　照喜は、ゆっくりと息を吐いた。

「そんな、ぶたぶたさん。最初からそのつもりだったんですか？」

基彦がたずねる。

「そうです。あれは事故だったから、突き飛ばしたなんて言ってるのはおかしいな、と思いまして」

「あたしたちが頼んだことはどうなの？」

照喜は舌打ちをしそうになった。

「思ったとおりだな。こいつに俺の部屋を探らせてただろう？」

基彦と栄が口ごもる。だが、

「いえ、それはしてません」

ぶたぶたがあっさり否定する。

「しなかったんですか⁉」

「しませんよー。僕は探偵でも何でもないので」

「でも……てっきり手島さんになぜあんなことをしたかを探っているとばかり……」

基彦が心細げに言う。

「部屋を好きに見てもいいと言われても、ご家族が気づかないことまでわかるわけはないですよ」

「じゃあ、この部屋にいた間、何をしてたの？」

栄が言う。入れたのか。お前が勝手に。

「何もしてないですよ。ぼーっとしていただけです。せいぜい部屋の中をキョロキョロ見ていただけですね。ものには触れていません。さっきはとっさに机の中に隠れましたが、暗くて中身はよくわかりませんでした」

「ええーっ」

栄は腹立たしいほどがっかりしている。

「でも、俺をいつも見ていたじゃないか」

「それは痣を確かめるためです。なかなか見えなかったので、始終つきまとってしまいましたが」

「なあんだー……」

栄が畳に座り込む。

「説得してくれるって言ってたのに」

「いやまあ、嘘を言わないように、という説得のつもりだったんですが」

照喜は安堵していた。あれがバレなければ他はどうでもいい。これでとりあえず家族が納得してくれればいいのだが。

ところが、

「でもあのう……気づいたことがあるんですけど」

ぶたぶたの話はまだ終わっていないようだった。いやな汗が背中をつたう。

「照喜さんの机の上には、いつも結婚相談所のパンフレットが置かれてました」

「ええ、基彦がその気になったらいつでも渡せるように、あたしも持ってる」

「余計なお世話なんだよ……」

苦々しげに基彦が言う。

「何よ。あなたが『その気』になるまでちゃんと待ってあげてるでしょう？　お母さんはー、用意周到なだけよ。ね、お父さん？　そうよね？」

照喜が返事をしなくても、栄はあまり気にしない。

「何気なくそれを見ていて――いつも一番上にあって、なんだか使い込まれているパンフレットがあるなあ、と思ったんです。それで、その相談所の名前を憶えて、何気なくネットで検索してみたんですね」

ネット――インターネットのことなんて、自分は何も知らない。

「相談所のサイトはすぐ見つかりました。そこを見ていたら、いろいろある説明会の中に『親御様説明会』っていうのがあるのに気がついたんです」

よくわからないことを言われているとしか思っていなかったのに……。

「サイトでは、その説明会を画像や動画で紹介しているんです。もちろん、親御さんの顔にはボカシが入ってますし、声などは入っていないんですが、他はそのままです」

照喜は手首の痣を隠すように握った。

「かなり注意深く見ないとわかりませんが、親御さんの中に、照喜さんとよく似た痣を持つ人が映ってたんです」

「……え？」

基彦と栄が首を傾げる。

「父親が一人だけで相談に来るというのは珍しいみたいで、インタビューを受けられてました」

——確かにそう言われた。だいたいが女親、あるいは夫婦で来ると。断ったのだが、「顔にボカシを入れるし、声も入れないし、言ったことは字幕で説明するから」と言われて、いろいろしゃべってしまった。誰かに話したかったのだ。否定されるのもうんざりだったから、黙ってニコニコと聞いてくれるのが、思いのほかうれしくて——。

照喜の肩ががっくり落ちる。

「初めてお会いした時、僕を見て、『男か⁉』って言いましたしね」

「えー、まさか、おやじ……『もう、これでもいいか』って——」

基彦が悟ったような声を出した。

「何？　いったいどういうこと？　何かわかったの？」

栄にはわからなかったようだが、一生わからなくていい、と照喜は思った。

「え？　どういうこと？」

そこまで説明してもらって、廉も同じことを言った。

両親や琴美には、わかったのだろうか。とっさに口に出してしまったのが恥ずかしい。

その日、沼口家の三人が改めて謝りに来ていた。

事故については照喜のせいではないということがわかったが、それまで迷惑をかけたことは変わらない。慰謝料を払う、というようなことを言われたが、ぶつかった車の持ち主の保険で賄えるし、特に問題なく通るようなので、お金はいらない、と答えた。

苑子につきまとい、疲れさせたことには責任があるだろうが、それを車の持ち主に伝えて謝罪するかどうかはだいぶ話しあい、結果黙っていることになった。あまり外に知られたくない気持ちが、母にあったからだ。

苑子は、結局一週間で退院した。事故の後遺症の心配もほぼないし、貧血の治療はしなくてはならないようだが、それはストレスがなくなれば良くなる可能性が高い。

こっちが望んでいたのは、なぜこういうことになったのか、ということなのだが——

当人に説明してもらっても、よくわからないのだ。

「つまり、父がわたしの結婚相手を探して暴走したということなんです」

基彦が言う。

「え、もしかしてうちの母のこと気に入ったってことなんですか？」

やはり真っ先に廉が口を出す。

「……そうらしいです」

「もっと若い人の方がよくないですか!?」

思わずそう言って、家族に白い目で見られた。

「じゃあ、離婚させようとしてたんですか――本気で」

そう悟が言ったとたん、ことの怖さを改めて知る。

引いた。思いっきり引いた。はっきり言って、ドン引きだ。

「申し訳ありません。本人は恥じ入っていますし、今後このようなことはさせません。わたしも父がこんなにも追い詰められているとは思っていなくて……不徳のいたすところです」

そのあとも沼口家の三人は何度も頭を下げ、「もう二度と苑子さんに近づかない」という念書を書いて帰っていった。慰謝料については、もし保険の方で何か問題があった時に払ってもらうということになる。

これで一応の解決は見たのだが……。

「どう解釈すればいいのか、っていうのが正直なところだよ……」

悟が疲れたようにそう言った。

「どうぞ、お茶でも飲んでください」

ぶたぶたが緑茶を運んでくる。

「ああ～、すみません、ぶたぶたさん……。ほんと、いろいろご迷惑をおかけしました……」

父は恐縮しきりだ。今日もオブザーバーとして来てもらってしまったし。

「あたしが倒れて車にぶつからなかったら、どうなってたんだろう？」

苑子がぽつりとつぶやいた。

家族とはいえ、一つのほころびがどんなふうに広がるかなんてわからない。母と琴美の不安が、内部から絆《きずな》を侵食していったかもしれないと思うと、恐ろしかった。

「お母さんが怪我しない方がいいけどさ」

琴美がふてくされたように言う。

「それよりー、何でそこまでして結婚したいの？　別にそんなの、個人の自由じゃない」

琴美の声にはあきれも混じっていた。

「でも、友だちに訊いてみたら、そういうお年寄りってけっこういるんだって」

先にぶたぶたからあらましを伝えられていた苑子が、とりなすように言う。

「子供の代わりに結婚相手をナンパするの？　ほんとに？」

「女性相手だとガードが低くなったりするから、気軽にいろいろ話しちゃって、いつの間にか息子さんとか娘さんと会うことになるってことはありえるでしょ？」

「そんなお膳立てしてもらわないと結婚できないの？」

琴美の顔が、だんだんどんよりしてきた。

「そうじゃない人ももちろんいるけど、琴美の言うとおり、個人の自由なんだから、そこまでして子供に結婚してもらって、孫の顔が見たいっていう人もいるってことだよ」

照喜は様々な女性たちに声をかけていたそうだ。だが、彼が一番気に入ったのは、真面目で親切で、しかも働き者の母だった。息子の自分が言うのもなんだが、なかなかの美人でもある。

「相談所に親が登録するのも同じことよ」

「でも、だからって家庭を崩壊させようって考えるのは変！　絶対変！」

琴美は頬をふくらませた。

「何でそんなふうになっちゃったの、その沼口のじいさんは……」

「あー……これは基彦さんが言ってたんですけど」

訊かれたら話していいとぶたぶたは言われたそうだ。自分たちで話しても、言い訳になるだけだから、と。

実は照喜は、一度基彦の結婚をダメにしているという。息子が二十代後半の頃、結婚しようと連れてきた女性が長女だったことから強く反対して、そのまま破談になってしまった。

「もっと沼口家の嫁としてふさわしい女を連れてこい」

と基彦とその女性に言ったらしい。

しかしそのあと、見合いもうまくいかず、出会いもなく四十代半ばになった息子を見て、ようやく彼は自分のしたことの重大さに気づいたのだ。

しかし元々不器用な人だから、息子に婚活を勧めるたびに険悪な雰囲気になるだけで、ついに自分で探そう、となったらしい。

「焦りすぎたんだね。だからって同情はできないけど」

「そうですよねえ……」

ぶたぶたがため息をついた。

「奥さんは気づかなかったの？」

「元々お嬢さん育ちの人で、あまり気にしていなかったみたいですね。息子さんの結婚については、

『若い頃にいろいろ言って嫌われたから、本人にまかせてるの』

って言ってました」

「息子本人は忙しすぎるしね」

定年まで勤め上げて、そのあとずっとヒマだったものだから、はりきりだして止まれなくなった、ということか。

「孫が欲しいのなら、もっと若い子にすればいいのにね」

さっき白い目で見たくせに自分で言うか、母よ。

その時、ぶたぶたが静かに言う。

「それだけが理由じゃないんです」

「そうなの？」

琴美が興味津々で問い返す。

「悟さん、ちょっとパソコンお借りしていいですか？」

「？　いいですよ」

居間にある家族共用のパソコンをぶたぶたが操作する。ブラウザの検索ウィンドウに聞いたことのない単語を入れる。

出てきたサイトは、結婚相談所のものだった。

「これってもしかして――」

みんなでぶたぶたの背後からのぞき見る。

「そうです。照喜さんが利用していた会社です」

何回かクリックすると、「親御様説明会」というページが出てきた。その中の「親御様インタビュー」というボタンを押すと、母親や夫婦、そして父親のインタビューが出てきた。

父親単独のインタビューは、一つだけだ。

「これが沼口のおやじなの？」

「はい。痣は動画の方で確認したんですが、動画は彼が相談員としゃべっているところが映っているだけで、声や何をしゃべったかはわからないんです。でも、こっちのページは文字に起こしてあるので」


——この相談会をご利用しようと思われたきっかけは？

「ある晩、息子が帰ってくるところを窓から見た時です。寒い夜で、息子は肩をすくめて白い息を吐きながら歩いていました。その姿は、わたしの父にそっくりでした。わたしは小さい頃、窓から父の姿を見かけると、玄関まで迎えに行き、カバンを受け取るのが常でした。父は厳しい人でしたが、たまに外国の珍しい菓子をわたしのために持ち帰ってくれました。優しい言葉も、温かい抱擁も、母の思い出しかありませんが、それでもわたしは父を毎晩出迎え、母も明るく笑っていました。

息子はあんなに父にそっくりなのに、父にあったものがないと思うと、とても切なかった。今の息子は、家と会社の往復だけです。そんな息子に、子供はさておき、温かく迎えてくれて、一緒に生きていってくれる人がいてほしいと思いました。

わたしたち親はどんどん歳を取っていきますが、息子はあと今の歳の倍生きることもできます。だからその長い間、誰かと一緒に笑っていると、わたしが死ぬ時に思いたかったのです。利己的だとはわかっているのですが……」

――お嫁さまのご希望はございますか？

「年齢も容姿もわたしからの希望はありません。優しくて真面目で、温かい人なら」

そのあとは、相談会の印象などを訊かれていたが、それにはほとんど意味がなかった。

「これを、沼口のおやじは、息子に言ったことあったのかな？」

「いえ、口にはしていないはずです。基彦さんも、ここで読んだだけだと言ってました」

正直言って、まだ怒りはあったが、廉は悲しくなってしまった。

父の胸で泣ける琴美の幸せは、父の幸せでもある。別の形でもいいからそれを息子に味わわせたいと願っても、どうすればいいのかわからず、何もかも裏目に出た老人のあまりの不器用さに。

もっとうまいやり方なんて、いくらでもあっただろうに。近所で探すにしても結婚相

息子自身を含む周りの人に相談することができず、彼は彼なりに悩んでいたのだ。迷惑かけられたことは変わらないが、気持ちが伝わらないもどかしさはわかった気がした。

「でもまあ、こうやって世界中に発信しちゃってますけどね」

ぶたぶたがニヤリと笑った気がした。

「照喜さんはかなり頑固なので、このインタビューのことは内緒にしておこうって、基彦さんと話してるんです」

ああ〜……知ったら拗《す》ねそうだ。

「ていうことは――？」

琴美が声を上げる。

「孫どうこうは、別にいいの？」

「そうですね」

「そういう自分本位の目で見るのをやめて選んだのがお母さんってこと？」

琴美がはっと息を呑む。

「なんかお母さんが、すごくいい女に見えてきた！」

「やだあー」

母と娘がじゃれあっているのを見て、父がうんうんとうなずいているのを、廉は見逃さなかった。

12

「こんにちは、廉さん」

「お、久しぶり、ぶたぶたさん」

二ヶ月後のある朝——廉はランニングの最中に、ばったりぶたぶたに会った。

「元気でしたか？」

「元気だよ。最近、ちょっと太ったよ」

それもこれもぶたぶたのせいだったりする。琴美が彼のレシピ集の料理を片っ端から作って味見をさせるのだ。おいしいものからまずいものまで、文句も言わずに食べる家族の身にもなってほしい。

さらにお菓子作りにまで目覚めてしまい、それの試食も連日だ。

「だから走ってるんですか」

「そうだよ」

「すみませんねえ」

ぶたぶた本人の料理だったら、もっと太っていたのかもしれない。

とはいえ結局彼の料理って、カレーとポテトサラダくらいしか食べていないのだ。廉は弁当も持たせてもらえなかったし。

それに気づいた時、何だかすごく損した気分になった。沼口家の人たちの方が、彼の料理をたくさん食べていたのだから。

「ぶたぶたさん、何か食べさせて！」

「いきなりそんな……」

「みぞれ鍋が食べたい。正しいみぞれ鍋」

「あのレシピ集に作り方が書いてあったはずですが」

「琴美が勝手にアレンジをするんだよ」

「それがオリジナリティってものですから」

「えーっ」

決して琴美の料理も悪くないのだが、ぶたぶた、そして苑子にはまだまだ及ばない。

「ところで、どこに行くの？　また宗田さんち？」

「いいえ、どら焼きを買いに行くんです」

「どら焼き？　あっ！」

あのどら焼き。

「あれってどこのなの？　ずっとまた食べたいって思ってたのに、訊くのを忘れちゃってたんだ」

「この近くですよ。一緒に行きましょうか？」

「え？　まだ九時だけど……」

「もう開いてますから」

ぶたぶたについていくと、開いているどころかもう列ができていた。

「わー、こんな店あるなんて知らなかった」

「地元の人には有名なんですけどね」

ぶたぶたと並んで待っていると、一人の客が「二十個」「三十個」というのもざらで、まさに飛ぶように売れていく。

「結局、二つしか食べられなかったんだよ、あの時」

「そうなんですか？」

「お見舞いの人に配ったりしてね」

琴美に至っては食べなかったそうで――すごくくやしがっていた。受験も近いので、糖分補給のためにたくさん食べさせなければ。

「ああ、そういう時はいいですよね。安いから」

「安いの？」

ショウケースの値段を見て驚いた。本当に安い。これなら何十個単位で売れるのもわかる。

やっと順番が回ってきて、とりあえず十二個買って帰ることにする。一人三個食べられる。

お金を払っている時、店の奥から見憶えのある人が出てきた。宅配便の伝票を財布にしまっている。

「あ……」

基彦だった。

「お久しぶりです……」

「すみません、その節は失礼いたしました……」

店頭でお辞儀をしていても邪魔なので、外に出た。めちゃくちゃ混んでいるのだ。

慰謝料に関しては、保険が全額おりたので、結局払ってもらうことはなかった。だからあれ以来、会うのは初めてだ。

「みなさん、お元気ですか？」

「あ、はい。母は全快しました」

貧血も、今は特に注意するほどのものではなくなった。

「それはよかった……。ほっとしました」

「そちらはいかがですか？」

「うちも全員元気です」

「…………」

……は、話が続かないっ！

そりゃそうだ。あんなことがなければ、接点がなかったんだから。

「ぶたぶたさん、いつもお世話になっています」

「いえいえ、こちらこそ」

「えっ」

いつもお世話って？

「たまに料理を作ってもらってるんです。出張料理人として」

「奥さんに気に入られたらしくて」

おおー……。うちは申し訳ないけど、あれから頼んだことがないのだ。庶民はつらい……。

「沼口さんもここのどら焼き、好きなんですか？」

ぶたぶたが言う。

「いえ、あの、おいしいんですけど……うちは家族そろってそんなに甘い物は得意じゃなくて」

「そうだったんですか？」

じゃあ、どうしてここに？

「ぶたぶたさん……あの話は手島さんたちにしましたか？」

「あの話……ああ、昔の」

「そうです、結婚話」

「はい、しました」

「そうですか」

何だか彼の顔が赤いような。

「相変わらず父はあんな感じなのですが……突然、昔破談になった相手に謝りたいと言い出しまして」

また暴走？　ヤバいのではないのか？

「言い出したらきかないものですから、二十年ぶりに連絡を取ってみたんです。そしたら、彼女はあれから別の人と結婚したんですが、離婚して実家に戻っていたんです。子供を連れて」

「はあ」

「それで謝るために会ったんですが、その時手土産で持っていったここのどら焼きを、彼女と小学生の娘が気に入りまして。今日、それを送ってあげたんです」

基彦は、何だかうれしそうだった。

「今度は三人で遊園地にでも行こうって話しています」

「ぶたぶたさん」

「はい？」

「沼口さん、あれ……ノロケですよね？」

「あー、そうですよね」

基彦と別れ、二人は川の土手を歩いていた。

「でもなんか、安心しました」

父親はアレだが、彼はいい人なので、幸せになってほしいと心から思える。

「どら焼き、できたてですから、ここで食べてしまいませんか？」

「できたて……」

何と魅力的な言葉。

「次の日になると、また舌触りというか、歯ごたえが違うんですよ」

「このどら焼きほど、パフパフしてるものってないですよ」

「そうでしょう？」

ぶたぶたは、ちょっと自慢気だ。自分が作ってるわけでもないのに。何だかおかしかった。

廉とぶたぶたは、土手の階段に座り込む。

どら焼きを食べようとした時に気づく。そういえば、食べさせてはもらったが、ぶたぶたが食べているところを見たことがなかった。

あわてて隣を見ると、もうかじりついているではないか！

その光景は、さながら同じ柔らかさを持つもの同士のぶつかり合いだった。どちらもふわふわのパフパフなのに、片方は食べられてしまう。

何てシュールな。

「食べないんですか？」

もぐもぐしながら、ぶたぶたが言う。

「食べますよ」

彼を見つめながら、廉も食べた。そして思わず、

「わー、さらにしっとりもちもち！」

走ったあとで、空腹だったので、いつの間にかぶたぶたを見るのも忘れて、三個食べていた。何てことだ……。帰りにもう少し買っていこうかな。

ぶたぶたと会う前は、おいしいもののことというか、食べ物も家族も、当たり前にあ

るものに対しての感情など、意識したこともなかった。

でも今は、こうしてひと口ひと口、そして家族との一日一日を嚙みしめる楽しみを知った。

多分もう少したったら、こういう状況にも慣れてしまって、忘れてしまうかもしれない。その時は、こうやって朝日を浴びながらぶたぶたと一緒にどら焼きを食べたことを思い出そう。

家族で、夕食を作ったことを思い出そう。

基彦の父親が、小さい頃の思い出を大切にしていたように。

「あっ」

「何ですか？」

「今度の母の誕生日は、ぶたぶたさんに何か作ってもらおう」

唐揚げも作ってもらってないし。

「わたしの料理でいいんですか？」

「だって、母さんは食べたことないんだよ」

「そうか。カレーくらいしか作らなかったんですよね？」

「そうだよ。琴美とお金貯めるから、予定をあけておいて」

「わかりました」

土手のわかれ道で、ぶたぶたと手を振り合った。そして廉は、また走りだす。

身体が軽い。それはぶたぶたと会えたせいだろうか。

多分、気のせいかも。

でもきっと、幸せってそれくらい軽いから、わからないものなのかも、と廉は思った。

あとがき

お読みいただき、ありがとうございます。

二〇一一年、二冊目のぶたぶたです。

前作『ぶたぶたさん』では、あとがきを書きませんでした。決してめんどくさかったわけではなく、ちょっといつもと雰囲気が違った本になったためです。

とはいえ、読者の方々にとっては、ぶたぶたはいつもどおりだったかもしれません。

あまりにも大きく変化していく昨今の中で、「いつもどおり」のぶたぶたを書けることもまた、私の幸せなのかも。

『ぶたぶたさん』とはまた違う、これも今年のぶたぶただなあ、と今しみじみと思います――。

今回は久々の長編です。

でも、枚数から言えば、長めの中編？　本当は原稿用紙で百枚ほど上乗せしないと胸を張って「長編！」とは言えないんですけど……。いやまあ、とにかくまとまった長いお話ですよ。いつものよりは。

この作品は、私の実体験が元になっています。「どこら辺が」とくわしく書くとネタバレになりそうなので、「どれだろう」と想像してお読みいただけるとうれしいです。

どうしてもくわしく知りたいという方は、いつものように私のブログ（http://yazakiarimi.cocolog-nifty.com/）でネタバレあとがきを載せますので、そちらでどうぞ。

あ、タイトルはもちろん、アレですアレ。でも、実はちゃんと見たことないのね……。

お世話になった方々、ありがとうございました。

今回、いろいろ遅れてしまいまして……夏の疲れが出たということでお許しいただきたい……ごめんなさい……。

では、またお会いいたしましょう。

光文社文庫

文庫書下ろし

ぶたぶたは見《み》た

著者　矢《や》崎《ざき》存《あり》美《み》

2011年12月20日　初版1刷発行

発行者　駒井　稔
印　刷　萩原印刷
製　本　ナショナル製本

発行所　株式会社　光文社
〒112-8011　東京都文京区音羽1-16-6
電話　(03)5395-8149　編集部
8113　書籍販売部
8125　業務部

落丁本・乱丁本は業務部にご連絡くだされば、お取替えいたします。
ISBN978-4-334-76337-4　Printed in Japan

組版　萩原印刷

お願い　光文社文庫をお読みになって、いかがでございましたか。「読後の感想」を編集部あてに、ぜひお送りください。
このほか光文社文庫では、どんな本をお読みになりましたか。これから、どういう本をご希望ですか。どの本も、誤植がないようつとめていますが、もしお気づきの点がございましたら、お教えください。ご職業、ご年齢などもお書きそえいただければ幸いです。当社の規定により本来の目的以外に使用せず、大切に扱わせていただきます。

光文社文庫編集部

日本ペンクラブ編　名作アンソロジー

唯川　恵選　こんなにも恋はせつない
〈恋愛小説アンソロジー〉

江國香織選　ただならぬ午睡
〈恋愛小説アンソロジー〉

小池真理子・藤田宜永選　甘やかな祝祭
〈恋愛小説アンソロジー〉

川上弘美選　感じて。息づかいを。
〈恋愛小説アンソロジー〉

西村京太郎選　鉄路に咲く物語
〈鉄道小説アンソロジー〉

宮部みゆき選　撫子《なでしこ》が斬る
〈女性作家捕物帳アンソロジー〉

石田衣良選　男の涙 女の涙
〈せつない小説アンソロジー〉

浅田次郎選　人恋しい雨の夜に
〈せつない小説アンソロジー〉

日本ペンクラブ編　わたし、猫語《ねこご》がわかるのよ

光文社文庫